Mensch und Tier · Illustrierte Kurzgeschichten

Mensch und Tier

Illustrierte Kurzgeschichten

herausgegeben von

Margareta Gellinger

Die besten Wünsche

für Kia

Ihre Margareta Gellinger

Emskirchen, Braunschweig Neujahrstag 2000

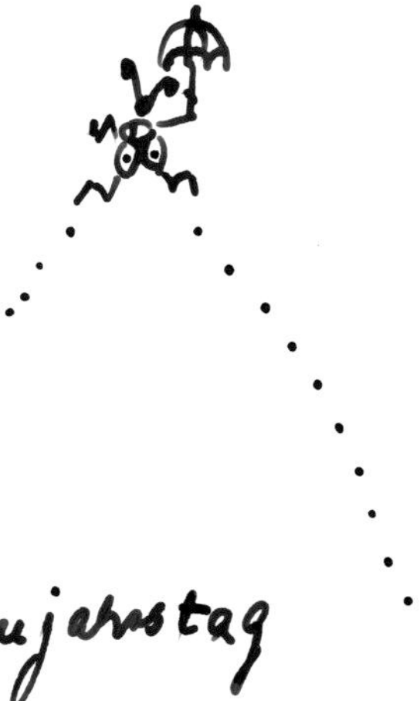

Meiner Tochter Petra verdanke ich die vielen gelungenen Zeichnungen.

Der Holzwurm Dr. Distel porträtierte sich selbst.

Ulrike Hügelschäffer skizzierte auf Seite 87 Tier und Mensch

Der Einband sowie sämtliche Aquarelle sind von mir,
und der Rest der Familie zeichnete eifrig mit.

All den Lieben, die zum Gelingen dieses Buches beitrugen,
danke ich auf das herzlichste.

1992
ISBN 3-87707-462-6
Gesamtherstellung:
Verlagsdruckerei Schmidt GmbH
8530 Neustadt a. d. Aisch

INHALT

Teil III: *Tier und Mensch*

AXEL

Nachdem die Trauer und der Schmerz über den Verlust unseres Hundes Horsa ausgelebt war und wir wieder Freude an einem Vierbeiner haben konnten, war es Axel, der unser Herz erwärmte.

Er war der Antrieb meiner Feder, meine Inspiration, ein Buch zu schreiben.

Zu Weihnachten 1989 überraschte ich meine Familie und Freunde mit einem kleinen Bändchen: „Axel" und „Der Ausreißer". Die Resonanz war groß und die Nachfrage noch größer. Also schrieb ich weiter und somit entstand dieses Buch, welches ich unserem Axel gewidmet habe.

Emskirchen, April 1992 *Margareta Gellinger*

Teil I

Axel
Mein Hundeleben

AXEL

Super, ganz toll fühlte ich mich unter meinen sechs Geschwistern. Wir waren eine wilde Rotte. Ich war meistens derjenige, der die anderen zu Machtkämpfen herausforderte. Zur Strafe sperrte man mich einen ganzen Tag in ein Zimmer ein. Eine liebe alte Dame hatte ihren Kummer mit mir. Ich jaulte, biß, kratzte, ich tat einfach alles, um ihren Zorn zu erregen.

Ob man mich absichtlich nicht verstehen wollte? Jedenfalls war ich ungestümer und frecher als je zuvor. Achtung brachte man mir entgegen, als man mich meiner Mutter und der übrigen Meute auf's neue überließ. Beschnuppert und beleckt wurde ich von allen Seiten, ich war plötzlich interessant. – Ich, der große King, biß, trampelte und rannte bald Alf, bald Adolf über den Haufen. Genauso gefiel es mir!

Eines Tages kamen Menschen. Wir wurden zum Kauf angeboten. Es war grausam wie man uns feilhielt und uns darbot. Unsere idyllische Hunde-Familie sollte zerrissen werden, sich auflösen, unsere Mutter alleine zurückbleiben. Grausam – selbst mich packte Entsetzen, obwohl ich von Sensibilität überhaupt nichts halte. – Jedoch für mich gab es einen Lichtblick. Es war ein Mädchen – man nannte es Alex. Sie balgte mit uns in einer Wildheit und Ausdauer, welche uns offensichtlich allen gut tat. Ihr Freund tat das übrige dazu. Mein geheimer Wunsch, wenn ja . . ., dann möchte ich, dann muß ich . . . Mein großer Konkurrent war Alf. Ein fetter, träger Kerl. Die Eltern von Alex betatschten diesen Fettkloß ebenfalls. Aber die Frau sagte: „Gut, wir nehmen den Axel, der soll uns Glück bringen. Er hat ja auch fast den gleichen Namen wie Du, Alex!“. Sie nahm mich auf ihre Arme und wiegte mich ein paarmal hin und her.

Zuerst sträubte ich mich, doch dann kuschelte ich meine Schnauze in ihre Haare und biß mich dort fest, ließ wieder davon ab und widmete meine ganze Aufmerksamkeit, ihr das Gesicht abzulecken und zu beschnuppern. Plötzliche Angst überfiel mich. Ich sprang von ihren Armen und ergriff die Flucht. Ich versteckte mich unter den tiefhängenden Ästen eines Apfelbaumes und biß und zupfte verzweifelt an seinen Blättern und Ästen und spielte letztendlich mit einem roten Apfel – mein Trost! Der war aber nur von kurzer Dauer, denn mein Herrchen rief mich herbei. Ich fühlte, daß mein Abschied näherrückte. Mein rüpelhaftes Wesen war gefragt. Aber wo war denn all mein Mut, was war mit meiner frechen Schnauze? Zweifel packten mich, entsetzliche Ängste peinigten mich. Ob ich all den Anforderungen der Menschen standhalten kann? Ob ich mich

frei entfalten kann, ohne meine Artgenossen, außerhalb meines gewohnten Terrains? Fragen über Fragen quälten mich. Was würde aus meiner unbezähmbaren Wildheit, aus meinem unstillbaren Freiheitsdrang? Aber es gab ja immer noch dieses Mädchen . . . Alex!

Wahre Freuden erlebe ich laufend mit Menschen. Da gibt es einen Laden und man verbietet es mir immer wieder, die Besucher zu begrüßen. Es gibt so unheimlich viel zu schnüffeln. Am meisten bin ich von den Menschen angetan, die meinesgleichen zu Hause haben oder ähnliche Viecher besitzen. Ich wittere alles, denn schließlich bin ich ein Jagdhund. Aber von Jagd kann ich nur behaupten, daß die sträflich ist, denn Herrchen legt mir dazu ein Stachelhalsband an, und so zieht er mit mir los. Halb erwürgt und erschöpft komme ich abends zur restlichen Sippe zurück. Das ist vielleicht ein Hundeleben!

Häufig treffen sich abends eine Menge junger Leute, da muß ich der Mittelpunkt sein. Die Alex mag ich besonders gern, denn sie läßt alle Tollheiten meinerseits über sich ergehen, sie erliegt meinem Charme! Ich habe sehr viel Ausdauer, während sie meist recht schnell erschöpft ist. Sie benutzt mich auch zu jagdlichen Tätigkeiten. Verzweifelt suchten wir neulich nachts ihren Geldbeutel. Es war bereits Mitternacht und sie gab mir den Befehl, ihn zu suchen. Alles mögliche stöberte meine Spürnase auf, die es ja in sich hat.

„Axel vom Hirschwinkel" ist mein Name, sollte ich mich noch nicht vorgestellt haben. Ich komme aus dem Zwinger Knott aus Schlegel bei Hof. Kim oder auch Kleiner Münsterländer steht in meinem Hundepaß. Das ist doch schon was, oder? Ich muß sagen, eine tolle Rasse!

Schleck, schlürf, schmatz von der Schulter bis zum Ellbogen und wieder zurück, dann die gleiche Prozedur weiter bis zu den Fingerspitzen. Zuletzt den Wannenrand, jedes Schaumkrönchen saugte ich genüßlich auf, ja fast begierig in mich rein. Warum gewährte sie es mir, ins Bad zu kommen? Ich war klein, gerade zehn Wochen alt, und ich suchte Kontakt zu ihr. Sie war ja da. So lag ich eben auf einem Fell neben der Badewanne. Ich sah zu, wie sich Frauchen ins Schaumbad versenkte. Als ich dies zum erstenmal sah, ängstigte ich mich und fragte, wo denn der Rest von ihr geblieben sei. So zeigte sie mir ihren rechten Arm, um mich zu beruhigen. Ja, und dieses Ritual hält sie bei. Ob es hygienisch ist oder nicht, kümmert sie nicht.

Es ist mein Liebesbeweis. Das Abtrocknen ihrer Füße könnte sie sich ersparen, wenn man mir noch mehr erlauben würde, dann gehörten ihre Handtücher zum toten Inventar, sie wären keine bewegliche Wäsche und würden jämmerlich im Schrank verkümmern. Aber das läßt sie nicht zu.

Beim Mittagsschläfchen sitze ich als erster auf dem Sofa und warte ungeduldig, ob nun Herrchen oder Frauchen zu mir kommen. Ich breite mich behaglich aus, als würde ich zu verstehen geben: „Hier war ich zuerst da!" So geht's auch human zu. Fragt sich manchmal nur für wen?

Sagen doch die Menschen, der führt ein faules, vergnügliches Leben, aber das entspricht nicht der Wahrheit. Ein Hund zu sein ist oft ganz schön trostlos. Vor allem, wenn diese Menschen ganz was anderes wollen, als das, was uns gerade so durch den Kopf geht. Aber dafür habe ich meine Träume jeden Tag. Wenn ich einmal groß bin . . . werde ich Hochzeit feiern. Ob man mir eine Frau gestattet? Ich weiß gewiß, ich werde alle Fesseln und Ketten sprengen. Jetzt bin ich noch frei und albern und ärgere Frauchen und Herrchen und all die anderen.

Ach, wie verführerisch riecht es nach Leberwurst, oh wie lecker. Bis zur Kante am Frühstückstisch zu schnüffeln, erlaubt man mir, nicht mehr! Ich probier's trotzdem, massiver zu werden, um näher ran zu kommen an die verheißungsvollen Speisen, die meine Zieheltern vertilgen. Wie weit kann ich mich vortasten, um naja . . . Ach was, lassen wir es! Ich weiß ja, wie es immer endet.

Frauchen ist in der Küche beim Kochen. Ich weiche keinen Schritt zurück, fest sitze ich auf meinem Hinterteil. Ein kurzes „Wau wau": Was gibt's heute? Herrlich, sie schält Äpfel. Mir läuft das Wasser im Maul zusammen, daß der Speichel nur so überquillt. Ich schlucke ganz schnell runter; nur nichts anmerken lassen, sonst verscheucht sie mich wieder. „Du gierst, hau ab mit deinen Lefzen." Sie hat diesmal nichts gemerkt. Ich sehe auch wieder artig aus. Soeben nimmt sie Hackfleisch aus dem Kühlschrank. Ich sage mir: „Bleib anständig!" Auch weiß ich ganz genau, daß ich die doppelte Portion an feinen Schleckereien bekomme, wenn . . ., ja wenn! Aber trotzdem giere ich immer wieder. Mein Trockenfutter im Napf ist stinklangweilig, es schmeckt geradezu jämmerlich. Sie sagt auch immer „Du alter Bettelsack“ zu mir. Ich kann das Wort nicht mehr ausstehen! Ich will wahrhaftig keiner sein!

Ob ich von den grünen Paprikaschoten auch was abkriege? Zack, was fiel ihr soeben aus der Hand? Igitt, igitt, was war das nur? Das schmeckt ja widerlich! Knoblauch!

Zwiebeln mag ich, aber Knoblauch?

Ein genußreiches Erlebnis hatte ich beim Faschingsumzug. Weniger für meine Ohren, das Helau und Täteretäää war gräßlich, sondern mehr für meinen Gaumen. Ich wurde festgebunden, aber mein Schleckermäulchen wurde verwöhnt. Bonbon für Bonbon schnappte ich den Menschen weg, die sie unverständlicherweise wegwarfen. Andere versuchten ebenfalls, die Bonbons zu fangen, doch ich war schneller als sie. Frauchens Jackentaschen quollen über mit Bonbons. Ja, daraus stahl ich etliche, ich Schuft! Mein Heißhunger steigerte sich, diesen Genuß hatte man mir noch nie gegönnt. „Laß doch den Hund nicht soviel Süßigkeiten fressen“, raunte der Boß, „er bekommt davon Bauchweh!“

Bauchweh? Bauchweh kenne ich nicht. Was ist denn Bauchweh? Heiße Ohren, ja, aber das ist doch kein Bauchweh! Ja, Wut im Bauch, sogar eine Sauwut, die ist mir nur zu gut bekannt. War doch einmal ein fremder Hund im Haus, den ich nicht kennenlernen durfte. Ich roch, wo er sich überall bewegte, verfolgte seine Spuren. Jetzt reicht's, habe ich mir immer wieder gesagt. Euch werde ich's zeigen. Ich bin der Chef im Haus. Ich schwöre Euch, das mit dem Hund passiert so schnell nicht wieder, und so hob ich Pfötchen, Pfötchen und immer wieder Pfötchen, um mein Gebiet zu markieren.

Tja! So sitzt sie goldrichtig am Schreibtisch. Das Telefon läutet, jetzt pack ich sie gleich am Schopf. Hauruck, meine Pranken hängen schon fest an ihrem Rücken. Soll sie doch versuchen, sich zu befreien, soll sie doch aufstehen.

Ich werde sie solange tyrannisieren, bis sie mit mir spielt. „Hau ab, Du Bestie", schreit sie mich an. Mit einem Arm versucht sie, mich zur Seite zu drücken. Ich hänge in der Wolle ihres Pullovers fest. Was soll ich jetzt tun? Von ihr loslassen? Oder mich noch fester reinkrallen? Jetzt steht sie auf, legt das Telefon beiseite. Was blüht mir jetzt? Soll ich meine Unschuldsaugen kullern lassen oder einfach aufgeben und Waffenstillstand schließen? Prügel gibt es allemal! So ist es schön, richtig in die Arme beißen, immer wieder auf's neue zubeißen! Ich nütze die Zeit zum Spielen! So belle ich sie immer wieder an. Spiel doch endlich mit mir! Wie sie wütend wird! Es wird todernst, wenn ich jetzt keine Ruhe gebe, zerlegt sie mich.

So kenne ich sie gar nicht. Wie sie mich anbrüllt. Ja, soll ich oder soll ich nicht? Verlegen halte ich sie am Handgelenk fest. Ja, und was macht sie mit der anderen Hand? Sie schlägt mir auf den Kopf: „Du bist ein gemeines Stück, hör auf, sonst . . ." – was droht sie heute?, . . . „sonst passiert Dir was!" Soll doch! Jetzt bringt sie ihre alte Masche ins Spiel. Sie gibt mir ihren Daumen zum Lutschen und gerade da ist meine wunde Stelle, das hat die Alte genau erkannt. Hingebungsvoll nuckle ich daran. Ihren Daumen gab sie mir, als ich noch klein war; ich döste meist dabei ein. Ja, und er schmeckt mir immer noch. Ich fühle mich pudelwohl und sie scheint froh zu sein, nimmt das Telefon und sagt „Hier bin ich wieder!" Aber so ganz zufrieden bin ich immer noch nicht.

Mit ein paar Angriffen muß ich sie noch attackieren. So springe ich noch ein paarmal an ihr hoch, wenn auch etwas vorsichtiger. Man kann ja nie wissen. Langsam wird mir das Ganze doch zu blöd. Ach ja, da steht der Papierkorb nebenan. Der reizt mich immer wieder. Na warte, dir werde ich's noch zeigen. Also räume ich erstmal Stück für Stück raus. Das zuletzt reingeworfene Papier mit den vielen Zahlen darauf schmeckt heute ganz und gar nicht. Hier ist noch ein Papiertaschentuch. Ich lege mich vor ihre Füße und zerfetze das Taschentuch in viele kleine Stücke, ohne Frauchen aus den Augen zu lassen, und dabei kralle ich ab zu mal an ihre Beine. Na, wie schaut's aus ? Als hätte sie meine Sprache verstanden, steht sie beim zweiten kurzen „Wau" auf.

„Du alter Bengel!" sagt sie versöhnend auf mich eingehend, „hast mich wieder mal besiegt! Komm mit raus in den Hinterhof, suchen wir Deinen Ball. Axel, such schön, wo ist Dein Ball?" Ihre Taktik ist, blöd zu fragen. Naja, interessiert wiege ich meinen Kopf ein paarmal hin und her. Schließlich finde ich einen alten Tennisball und halte den ganz fest in meinem Fang. Sie wirft ein altes Stück Leder in die Luft. Mit welchem Spielzeug soll ich nun eigentlich spielen? Blitzschnell renne ich auf sie zu, springe an ihr hoch und fordere zum Kampf um den Ball. Nimm ihn mir doch weg, wenn Du kannst! Sie versucht es tatsächlich, doch leider ist ihr Daumen dazwischen geraten. Ich beiße fest zu. „Du Bestie, hör auf, mich zu beißen!“, schreit sie mich an. In meiner Wildheit nehme ich gar nichts wahr. Allmählich geht mein Beißen in ein liebevolles Nuckeln über, und so lutsche ich wieder mal an ihrem Daumen. Wann werde ich endlich erwachsen sein ?

Es heißt immer wieder, „Er ist halt ein junger Hund!“ Das bedeutet ein großes Plus für mich, sozusagen Narrenfreiheit! Deshalb mache ich auch geradezu, was ich will. Meistens fällt mir jedoch nichts Ordentliches ein.

Heute bin ich gut drauf, sie scheint's auch zu sein. Sie trägt heute Rot. Ja, dieser rote Pullover mit den Paillettenherzen reizt mich. Sie sitzt am Tisch, ich räume ihr auf's neue sämtliche Sachen aus ihrem Papierkorb. Ich bringe ihr eine Zigarettenschachtel, Kaugummipapier und ziehe und zupfe dabei an den Bommeln ihrer Schuhbänder. Doch die langweilen mich heute. So taste ich mich näher und näher an sie heran. – Zack, jetzt hab ich's! – Das Herzchen! Es reißt der Faden, es rieselt. Perlen fallen auf mich nieder. Soll das Schnee sein, von dem die Menschen so oft sprechen? Was sind das für harte Dinger; die schmecken aber überhaupt nicht! Hätte ich das vorher gewußt! Ihre gute Laune habe ich ihr auch verdorben und bei mir hagelt es Watschen.

Der Ausreißer

„Nimm den Axel heute bitte nicht mit zum Edeka-Markt, denn ich möchte ein Gewehr einschießen und dazu den Axel mitnehmen, um ihn schußfest zu machen. Dies wird ja auch bei der Gehorsamsprüfung verlangt“, sagte Karl-Heinz zu mir.

Es war Donnerstag, der 8. Juni, mein Bruder Fritz feierte an diesem Tag seinen 55. Geburtstag – eine Schnapszahl!

So wie mir befohlen wurde, folgsam wie ich zu sein scheine, gehorchte ich. Heute, da Axel nicht beim Einkaufen dabei war, konnte ich einmal zum Kontra-Markt gehen. Dies vermied ich sonst wegen Axel, da der Weg dorthin direkt an der B 8 liegt und daher sehr belebt ist.

Am späten Nachmittag kam mein Mann Karl-Heinz wieder nach Hause, aber ohne Axel. Er berichtete, daß Axel beim achten Schuß, wie vom Blitz getroffen, ausgerissen sei. Er suchte, einem Geschoß gleich, das Weite.

Der Jammer war sehr groß. Schimpfworte flogen hin und her. „Warum hast Du ihn auch nicht angeleint?“, gab ich ihm immer wieder zu verstehen. Was half’s? Mein Sohn und Karl-Heinz fuhren beide jeweils mit ihren Fahrzeugen durch die Gegend und suchten verzweifelt nach ihm. Vergeblich!

„So!", sagte ich, nachdem ich Anrufe über Anrufe getätigt hatte, „jetzt fahre ich mit auf die Suche!" Gesagt, getan.

Unsere Suche erstreckte sich von der „Abschußstelle" bis hin nach Neidhardswinden, über Schauerberg, wo Axel gesehen worden war. Für uns ein wichtiges Lebenszeichen!

Auf dem Sportplatz in Neidhardswinden konnten wir in Erfahrung bringen, daß unser Hund, Schaum vor dem Maul, mit dem Hund von Herrn Vogler gerauft hätte und dieser den Tierarzt verständigt habe. Wir hörten noch eine Menge Geschichten über unseren Axel. Eine schlimmer als die andere. Auf dem Sportplatz pfiff ich mit der Trillerpfeife und rief zwischendurch immer wieder nach Axel. Vom Gefühl her war er mir so nahe, aber dennoch nicht greifbar. Es war mir seltsam zumute, so als stünde ich kurz vor dem Ziel oder der Auflösung einer kniffligen Rechenaufgabe.

Seltsam, er mußte hier sein! Ich spürte es ganz deutlich. Karl-Heinz gab auf. Ich wollte jedoch noch weiterfahren, Richtung Markt Erlbach. Mein Spürsinn, eine eigenartige Macht, trieb mich dazu. Im nachhinein stellte sich heraus, daß wir nur Bruchteile von Sekunden voneinander entfernt waren. Axel bedrängte in seiner Verwirrung eine junge Frau. Er wollte zu ihr ins Auto steigen! Die junge Frau hatte jedoch keine Zeit, da sie ihr Kind zum Arzt bringen mußte. Axel irrte also weiter durch die Gegend.

Wieder zu Hause angekommen, verständigte ich sämtliche Jäger, Tierheime, Tierärzte und Gemeindeverwaltungen, um sie um Unterstützung zu bitten. Die Polizei in

Neustadt schließlich war der Abschluß. „Unser Hund hat keine Tollwut", erklärte ich. „Er schäumt vor Erregung, da er noch sehr jung ist." Außerdem, sagte ich, „er ist ein Kleiner Münsterländer. „Das sagt mir gar nichts", erwiderte der Beamte. „Dann wird es aber Zeit, daß Sie es lernen", gab ich zu verstehen. „Danke", war seine Antwort.

Ich war in Rage und hatte Angst! Hilflos wie ein kleines Kind – hoffnungslos! Gleich am Morgen des nächsten Tages ging die Suche weiter. Wir riefen wieder viele Leute an, die in der Umgebung wohnten, und fragten sie, ob sie unseren Hund gesehen hätten.

Um 9.30 Uhr kam eine Durchsage in Radio 8. Ich weinte, als der Nachrichtensprecher unsere Suchanzeige durchgab. „Ich wiederhole, er beißt nicht, und es besteht auch keine Tollwutgefahr", waren seine Schlußworte. Wir alle waren verzweifelt!

Meine Schwester rief mich in der Mittagspause an und sagte, Axel sei gestern abend nochmals am Sportplatz in Neidhardswinden gesehen worden. Karl-Heinz und ich fuhren sofort dorthin. Anschließend weiter in die umliegenden Dörfer. Fremde Menschen auf Feldern und an Straßenrändern fragte ich nach Axel. Erfolglos kehrten wir wieder heim. Robert, mein Sohn, sah mich verzweifelt an. Alle hatten wir Tränen in den Augen. „Jetzt fahre ich nochmal los", sagte er. Nach kurzer Zeit kam er wieder zurück, den Oberkörper entblößt. – „Vater, Mutter, schnell! Ich habe ihn gesehen. Wir kreisen ihn ein!" Ich nahm mir die Hundepfeife und ab ging es. – „In der Nähe der Schußstelle, oberhalb am Waldrand, liegt mein T-Shirt", sagte Robert. „Dort habe ich Axel gesehen."

Ich sah kein T-Shirt weit und breit! Jedenfalls stapfte ich über die feuchte Talwiese auf die Anhöhe zu. Ich war fix und fertig und völlig außer Atem! Ab und zu blieb ich stehen, pfiff wie blöd in die Trillerpfeife und ging weiter bis zum Waldrand. Ehe ich den Waldweg erreichte, den Blick nach unten gesenkt, erblickte ich ein vierblättriges Kleeblatt. Das erste überhaupt, soweit ich zurückdenken kann. Obwohl ich nicht abergläubisch bin, betrachtete ich es ironisch, pflückte es ab und steckte es in die Brusttasche meiner gelben Bluse. Immer wieder pfiff ich und rief nach Axel. „Komm doch endlich zurück!" Beten wollte ich nicht. Es wäre gemein, sagte ich mir, denn immer wenn man in Not ist oder Wünsche hat, denkt man ans Beten. Ich blickte zum Himmel. – Herrgott, laß doch den Axel kommen, war dennoch meine Bitte.

Ich ging ein Stück des Weges in den Wald. Es war kühl und schattig. Ich fröstelte auch vor Aufregung. Karl-Heinz kam mir mit dem Jeep entgegen. – „Ich bleibe hier!" sagte ich zu ihm. In mir bauten sich unsagbare, unerklärliche Gefühle auf. Es war ein so schöner Tag. Die

Sonne schien, und es roch nach Heu. Ich ging ein paar Schritte auf die Wiese zurück und ließ mich von den gleißenden Sonnenstrahlen erwärmen. Irgendwie war ich am Ende meiner Kräfte. Traurigkeit überfiel mich. Sekundenlang starrte ich vor mich hin, spürte die Wärme der Sonne, blickte kurz in den Wald und wollte erneut pfeifen. Doch – wen sah ich in gleicher Höhe, etwa 15 Meter von mir entfernt, stehen? Axel!

Wie versteinert stand er mitten im Wald. Unsere Blicke trafen sich. Keine Regung. Ich glaubte, er würde auf mich zurennen, wenn er mich sehen würde. Nichts geschah.

„Axel, mein Axele, kennst du mich nicht?“, brachte ich mit tränenerstickter Stimme hervor. Endlich, wie ein Pfeil schoß er auf mich zu. Die Freude und Liebkosungen von ihm waren unbeschreiblich. Als seine Freude über unser Wiedersehen verflogen war, schnupperte er verlegen im Gras als wolle er wieder auf die Pirsch.

Nein, mein Freund! So schnell kommst du mir nicht wieder los! Ich hielt ihn ganz fest an seinem grünen Halsband und drückte ihn immer wieder an mich.

Axel war wieder da!

Axel in panischer Angst

Ich presse mich an die große Fensterscheibe. Meine Nase ist platt. Meine Lefze schmerzt. Abwechselnd drücke ich meine Nase, um zu schnüffeln, dann wieder meine Zunge, um zu lecken. Ich muß die niederprasselnden Regentropfen doch erreichen, sie trommeln und rinnen mit großer Geschwindigkeit. Ich klebe an der Scheibe. Der

Wind peitscht um's Haus. Er tobt, er heult. Er heult sichtlich gegen diese verdammte Terrassentüre. Blitze zucken, Donner grollen. Ich habe entsetzliche Angst.

Ich bin verzweifelt! Warum bleiben meine Zieheltern auch solange weg? Ich fühle mich verlassen. Ich glaube einen Augenblick, den Lichtschein ihres Autos zu sehen! Oh nein, es ist eine Täuschung, vielleicht auch ein erneuter Blitzschlag. Ich hoffe und harre auf die Dinge, welche da kommen werden. Nur nicht untätig sein, sage ich mir. Ich muß etwas tun. Ich bin wie gelähmt. Ich muß meine Stimme benützen, um zu prüfen, ob ich noch fähig bin zu bellen. Ein klägliches, verzagtes, verängstigtes Gewimmer bringe ich hervor, weiter nichts. Ich schleiche mich wie eine Katze, ja ich schäme mich dessen, an den Kamin heran. Pfote um Pfote setze ich sachte auf den weichen Teppich, in Zeitlupentempo vollzieht sich meine Bewegung dorthin. Ich möchte mich an die kuschelige Wärme schmiegen. Aber der Wind pfeift und heult im Kamin. Ich finde nicht die Muße und Ruhe, welche man braucht, um wieder Hund zu sein. Plötzlich erspähe ich Frauchens Puppe. Diese sitzt verträumt auf der Ofenbank. Ich bin nicht mehr allein. Ich habe einen Spielkameraden, einen Gleichgesinnten, entdeckt. Ich nehme diese liebgewordene Gestalt zwischen meine Pranken, dann lege ich mein ganzes Gewicht auf dieses Etwas. Es ist mein Ersatz. Warum haben mich auch die anderen verlassen? – Ich muß mich rächen. Es wächst Wut in mir, Wut, die sich immer mehr, immer weiter ausbreitet. Ich stupse mit meiner Schnauze immer wieder an das Haupt des Püppchens. Schon lange habe ich entdeckt, daß die Haare Frauchens Haaren völlig gleichen. Sie haben die gleiche Farbe, den gleichen Geruch. Jetzt weiß ich's aber ganz genau.

Frauchens Haare, die ich heute so vermisse, habe ich nun unter meinen Pranken. Ich zupfe, ich reiße, ich beiße all die langen, dunkelbraunen Borsten von diesem nachgeformten Menschen ab. Es tut wohl. Büschelweise trage ich alles in mein Körbchen. Ich lege und presse mich fest darauf. Mein Riechorgan lasse ich nicht vom Haar unter mir.

Meine Genugtuung befriedigt mich in keiner Weise.

Ich bin so zappelig. Angst peinigt mich noch immer. Sie breitet sich mehr und mehr aus. – „Sind dies jetzt Schuldgefühle?“ frage ich mich, denn diese kenne ich noch nicht so recht!

Ach, du meine Güte, ich muß mal . . .! Jetzt muß ich auch noch . . .! Naja, was sein muß, muß eben sein! Wohin? Ich hab doch schon lange keine Schweinerei ins Haus gemacht. Sagte man doch immer zu mir, wenn es mal passierte: „Du altes Schwein!“ Trägt vielleicht diese verdammte Angst zu meinem Mißgeschick bei?

Axel und der Käsekuchen

Ich kann und will meine Schnauze nicht halten. Ich jaule und belle, ja ich heule laut vor mich hin, obwohl ich weiß, daß mich niemand hört. Aber vielleicht gerade deshalb tut es mir so gut, allen Frust rauszulassen. Was quält mich eigentlich? Ein kleines Winseln und Quengeln überfällt mich, ich hole tief Luft. Ich drehe mich etliche Male im Kreis und falle plump und schwer auf mein Fell. Ich liege unbequem. Mir gefällt aber heute auch gar nichts. Stinklangweilig ist's mir. Naja, ich vertrete mir etwas die Beine, schaue mich mal in der Küche um. Fade schmeckt mein Wasser. Mein Futter im Napf berühre ich heute nicht. Frauchen ist so lange weg, soll sie doch sehen, daß ich leide und traurig bin. Ich laufe zurück in den Flur auf mein Fell. Laufe wieder zurück zur Küche. Schnüffle an der Ablage. Oh herrlich, hier gibt es den leckeren Käsekuchen. Ich strecke meine Vorderläufe nach oben aus. Mmm, die ganze Pracht lacht mich geradezu an. Ich muß probieren. Mein Mißmut verwandelt sich plötzlich in Übermut. Ich habe jetzt Lust auf Kuchen. Kuchen ist ein Fremdwort für mich. Überhaupt: Süßes enthält man mir vor. Also Mut.

Junge, greif doch zu! Pack die Gelegenheit beim Schopf und schnapp dir ein so herrliches Stück Kuchen! Mein Hals wird lang und länger. Ich strecke mich danach aus. Oh je, der Kuchen klebt so fest zusammen. Er will nicht abreißen. So ein Klebekram. Also schnapp und nochmals schnapp. Oh welch ein Papp. Mir klebt das Maul zusammen. Ich würge am Käsekuchen und schlucke Wasser dazu. Der Kuchen muß runterrutschen. Ich schaffe es. Er schmeckt prima. Ich drücke mehr und mehr davon runter und spüle Wasser nach. Mein Frust verschwindet total. Ich habe ein tolles Rezept dagegen entdeckt. Aber es wird nicht immer Kuchen dasein. Was mache ich dann? Wenn ich wieder ins Haus eingesperrt werde und soooo lange alleine bin. Naja, der heutige Tag scheint gerettet zu sein. Aber mir wird übel und schlecht. Der Käsekuchen kommt mir hoch. Mir ist speiübel.

Axels Dressur

Herrchen glaubt, ich sei reif genug, mich der Brauchbarkeits-Prüfung zu unterziehen. Dazu ist ein Lehrgang nötig. Hierfür sind Menschen zuständig, die uns Hunden Zucht, Gehorsam und allerlei „Schnickschnack" beibringen. Im „Fährtensuchen" bin ich einsame Spitze, auch im Hochsprung kommt mir keiner bei. „Bei-Fuß-Gehen" regt mich auf und „Down", wenn ich es nur höre. Kotzt mich das an. Herrlich ist das Treffen im Wald und das Beschnuppern und Kennenlernen meiner Artgenossen. Wie gesagt: Manches bereitet mir Spaß. Vieles widert mich an. Hart und grob gehen die Menschen mit uns um.

Eines Abends muß ich lernen, eine tote Flugente aus dem Weiher zu holen. Mein Ausbilder hängt dieses Stück Federvieh an eine lange Schnur und wirft alles zusammen in den Weiher. „Axel, hol die Ente!" lautet sein Befehl. Auch Herrchen spricht mir gut zu: „Axel Apport!", so heißt es in der Abrichtersprache. Ich aber habe keine Lust, ins kalte Wasser zu springen. Zuerst weigere ich mich, dann lasse ich mich doch ein, ins kühle Naß zu gehen, zaghaft, ängstlich, mich schaudert. Ich kämpfe gegen den inneren Schweinehund in mir. Also gut, rede ich mir zu, zack, springe ich. Aber, oh Schreck, meine Läufe hängen in der Schnur verheddert. Ich habe Angst, schwimme ohne Ente an den Weiherrand. Zu spät, habe ich erkannt, es ist der größte Fehler, den ich begehe, denn eine Hand streckt sich mir entgegen, drückt und stößt mich ins kalte Naß zurück. Ich leide entsetzliche Angst, immer wieder drückt mich diese Hand ins Wasser. Es geschieht ein paarmal. Ich bin am Ende meines seelischen Gleichgewichts. Ich erinnere mich meiner Zähne. Ich wehre mich, beiße in die

Hand, schnappe nochmals danach und beiße ganz fest zu. Man(n), läßt mich in Ruhe. Ich kann Hände nicht mehr leiden, nicht mehr ausstehen. Wut, Angst, Aggressionen steigen in mir auf. Jede Hand, die sich mir in einer solchen oder ähnlichen Haltung entgegenstreckt, erweckt in mir panische Angst. Mein Instinkt sagt mir: „Beiß zu", und gleich darauf geschieht es, oft ungewollt. Fix und fertig bin ich nach der Ausführung. Mein ganzer Körper vibriert und zittert. Eigentlich will ich nicht zubeißen, jedoch die Angst in mir ist größer. Oftmals kann ich nicht unterscheiden, von welcher Art der Griff mit der Hand ist, der sich nach mir, dem Axel, streckt. Eine neue Methode habe ich entdeckt: Ich knurre und fletsche die Zähne und warte auf die Hand vor meinen Augen.

Die Prüfung habe ich mit Bravour bestanden.

Treibjagd

Wenn die Tage dunkel, trübe, naßkalt sind, geht Herrchen mit mir zum Hasenjagen. Herrlich ist diese Zeit, wenngleich ich auch manches Mal saumäßig friere. Es wird geschossen, es knallt und kracht. Mit Stolz trage ich Herrchen all die Hasen, die er schießt, zu. Ich renne mir die Beine lahm, um die Beute „Toter Hase" immer wieder zu bringen. Meine Nase ist super. Ich muß nicht lange suchen.

Lob heimse ich mir immer wieder ein. Zur Belohnung bekomme ich Herrchens Erbsensuppe mit Würstchen, das Brot verweigere ich. Ein Lagerfeuer brennt, und ich bekomme Frühlingsgefühle und flirte ausgiebig mit den Damen, obwohl diese überhaupt keinen Pep mehr zeigen. Lahm, träge, müde und desinteressiert zeigen sie sich. – Erst abends unter dem Wirtshaustisch werden zuerst sehnsuchtsvolle Blicke ausgetauscht, dann gewinselt, mit dem Schwanz gewedelt und gejault. Kommt mir ein Rivale dazwischen, werde ich wütend, fletsche die Zähne und beiße zu. – Schade, daß Herrchen mir all meine Illusionen zunichte macht. Wenn ich glaube, eine Freundin gefunden zu haben, ist im gleichen Augenblick der ganze Zauber vorüber. Warum vermasselt er mir jede Gelegenheit? Ob ich nochmals dahinter kommen werde?

Freiheit!

Ich ahne, daß es nicht gut gehen wird. Ich verspüre ein merkwürdiges Unbehagen dabei. Aber mein Freiheitsdrang überwältigt mich. Er ist so stark, daß ich die Leine durchbeißen muß. Dieses Gefühl ist stärker als all meine Vernunft und mein Gehorsam. Auch das Vertrauen zu Herrchen werde ich einfach brechen. Ich muß, ich will abhauen. Ich muß etwas erleben. Es kann doch nicht alles sein, daß ich immer wieder die Hasen herbeischleppen muß. Es kotzt mich heute an. Ich habe die Schnauze voll von dieser Hasentreibjagd. Freiheit lockt mich, Abenteuerlust. Oh nein, ich brauche keine Fesseln, Ketten und Leinen zu reißen. Beim nächsten Befehl: „Schön Apport, Axel!“ haue ich ab. Gesagt, getan. Es knallt. Ein Schuß aus Herrchens Flinte. Interessiert beteilige ich mich. Er schnallt mich von der Leine ab. Blitzschnell steche ich los, auf die Fährte zu. Springe ein paarmal um die Beute und sage mir, „Hase hin, Hase her“, mich nervt's, und ich verschwinde im Dickicht und ziehe meine Kreise. Ich tolle wie von einer Tarantel gestochen, hüpfe und springe. Ich buddle mal hier, mal da im Waldboden und scharre wie der Gockel auf dem Misthaufen und stecke meine Schnauze in

die Erde. Ich laufe und bekomme verschiedene Fährten in meine Nase. Ich stöbere einen Fuchsbau auf, aber es scheint niemand zu Hause zu sein. Ich wühle nach Mäusen. Ich wittere ein verendetes Reh und stolpere dabei über eine vertrocknete Maus.

Es ist kalt.

Der erste Frost und Rauhreif liegt auf den Bäumen. Der Wind hat die Laubbäume kahlgefegt. Er pustet alles Laub herunter. Bizarr gespensterhaft sieht es heute im Wald aus. Ich muß hetzen und jagen, fangen, niederreißen; ja, wildern. Mein Gewissen sagt mir aber, ich darf nicht wildern. Ich darf vieles nicht, und es liegt doch so nahe in mir. Warum darf ich manches nicht? Und dann wieder wird es mir befohlen. Bin ich denn ein Spielball der Menschen? Und heute muß ich auf meinen inneren Befehl hin wildern.

Ein Eichhörnchen schwingt sich von Ast zu Ast. Es ist mir zu hoch, ich kann es nicht erhaschen. Ich breche wahllos, ziellos durch's Unterholz. Ich kann mich gerade noch rechtzeitig zurückhalten, denn, was ich zu sehen bekomme, fasziniert mich.

Augenblicklich bleibe ich stehen. Meine Ohren vernehmen eine seltsame Symphonie. Ich pirsche mich sachte heran und lausche dem lautstarken, rhythmischen Ge-

grunze. Aha, es ist eine Liebessymphonie der „Schwarzkittel“, denke ich mir, denn dieses Spektakel kenne ich von der Hirschbrunft, wenngleich in anderen Oktaven. Meine Neugierde überwältigt mich. Ich muß den Keiler sehen und natürlich auch seine Weiblichkeit. Ich erspähe eine Sau, die sich in einer Morastkuhle suhlt. Eine andere wälzt sich lustvoll im gefrorenen Laub. Es ist ein Schmatzen, Grunzen und Pfeifen, alle Töne vermischen sich wild in diesem Konzert. Soll ich oder soll ich nicht? Verlegen scharre ich an meinen Ohren, denn der Pfeifton ist so hoch, daß mir meine Ohren dröhnen und schmerzen. Es wimmelt von borstigen, dunkelbraunen und schwarzgrauen Fellen – alles Sauen, die in Aufruhr und Bewegung sind.

Es ist Rauschzeit, Flirt, Liebesspiel, Familiengründung. Jetzt oder nie, schießt es mir durch den Kopf. Ich muß jetzt

angreifen und außerdem nervt mich dieser Sauhaufen mit seinen tollen Liebesspielen. Ich bin auf dem Sprung. Zu spät, der Keiler hat mich in Augenschein genommen. Er kommt mit seinen furchterregenden Stoßzähnen auf mich zu. Aber zum Glück läuft eine liebestolle Sau dazwischen, und ich renne was meine Beine hergeben.

Heilfroh bin ich, als ich die Fährte von Herrchen aufspüre. Mir ist völlig egal, ob ich zurechtgewiesen oder gar bestraft werde. Ich habe die Schwarzkittelfamilie kennengelernt und kann mir denken, weshalb mich Herrchen nie zur Saujagd mitnimmt. Ich weiß jetzt auch, weshalb ich diesen Geruch so hasse und widerlich finde.

Die Wildsauschwarten verabscheue ich, mir graut davor. Ich lag noch nie darauf und außerdem kratzen mich die Borsten. Ich werde dieses Fell noch heute abend zerlegen, einfach zerreißen.

Am Ansitz

Mattgelbes Licht schimmert durch die lichten Kronen. Es sind nur noch ein paar schmale Streifen, die bis zur Erde reichen. Der feuchtwarme Waldboden verschlingt die restlichen Sonnenfleckchen. Unweit vor uns liegt noch ein Moosteppich mit Heidelbeergestrüpp in den letzten Strahlen der Abendsonne. Axel räkelt sich genüßlich im warmen Licht, er verscheucht die um ihn herumtanzenden Mükken, die ihm lästig sind. Er ärgert sich. Ausgestreckt kommt er nun doch zum Liegen unter unserem Hochsitz. Ein Wiegen und Wogen ist in den Baumkronen, als sprächen sie miteinander über den vergangenen Tag und raunen über die kommende Nacht. Sie hegen Frühlingsge-

fühle, sie strecken sich der Sonne entgegen. Alles sprießt, treibt und wächst. Sanftes, zartes Grün sprießt aus den Zweigen. Es ist ein Dehnen und Strecken zum Himmel empor.

Unruhig kratzt Axel mit seinem Hinterlauf sein Haupt. Er steht auf seinen Läufen, obwohl er den Befehl bekam, seine Down-Stellung einzunehmen. Mein Mann streckt seinen Arm weit über die Stange des Ansitzes und sagt: „Axel Down!". Augenblicklich liegt Axel flach auf dem erdigen Waldboden zwischen ein paar Brombeersträuchern, die unter unserem Hochsitz entlang der Sprossenleiter wachsen. Es ist gut, daß Axels Haarkleid nicht allzusehr auffällt, denn sein weißbraun geflecktes Fell lockt bestimmt keinen Rehbock an. Vielleicht ein junges unerfah-

renes Rehlein, aber keinen alten stattlichen Bock, welchen mein Mann an diesem Abend zu schießen gedenkt. Ein Spinnenfädchen, von einem Netz sich lösend, streicht über meine Stirn. Ein paar Hummeln summen noch, der Vogelgesang ist verstummt. Es ist still, nur ein leichtes Knacken der sich wiegenden Bäume ist hörbar. Es wird dunkel. Kleine, graue Nebelschwaden steigen auf, es dampft der Wald.

Es ist schön, unter den Baumkronen zu verweilen und zu beobachten. Ein Marienkäfer krabbelt an meiner Seite an der Stange entlang, welche den Hochsitz umschließt. Ich wünsche mir, er möge über meinen Arm laufen, der ganz ruhig auf der Stange liegt. Mein Wunsch wird mir sofort erfüllt. Ich stupse meinen Mann mit meinem anderen Arm an, um ihm den herrlichen Käfer zu zeigen. Er knurrt: „Sei ruhig!“ Obwohl ich überhaupt keinen Laut von mir gebe. Er ist passioniert, so heißt es in der Jägersprache. Es wird immer dunkler und ruhiger. Mich fröstelt, mein Hals kratzt. Ich knöpfe meine Jacke zu und schlage den Kragen hoch! „Kannst Du keine Ruhe geben!“ werde ich zurecht-

gewiesen. Beleidigt drehe ich mich zur Seite – und im gleichen Moment kann ich zu meiner Rechten diesen stattlichen Bock, aus dem Dickicht kommend, erkennen, von dem mein Jägersmann träumt. Ich verrate nichts, ist mein Gedanke, aber Axels Spürnase wittert diesen Bock und sein aufgeregtes Rascheln verrät ihn. Mein Mann streckt seinen Arm aus, um Axel zu beruhigen und gleichzeitig nimmt er mit der anderen Hand sein Gewehr hoch, welches neben ihm steht. Er repetiert, somit ist eine Kugel im Lauf, legt es an, d. h. auf die vor uns aufgebaute Querstange, und verweilt in wartender Haltung. Ich beobachte dieses Prachtexemplar von einem Sechsender. Er äst. Träge bewegt er seinen Körper schrittweise und rupft hier und da ein Gräslein wählerisch aus dem Waldboden. Er kommt immer weiter aus dem Dickicht hervor, unserem Ansitz entgegen.

Angespannt und aufgeregt sind wir beide. Mein Mann passioniert, ich nervös. Ich schlucke und schlucke, es spukt in meinem Kopf: Wie kann ich es nur schaffen, diesen Bock zu verscheuchen. Ein Kloß steckt mir im Hals, ich würge und schlinge, wie unser Axel beim Wassersaufen. Ich ertrage diese Anspannung nicht mehr. Laut huste ich vor mich hin. Es war gewollt, ich bin befreit und weiß im gleichen Augenblick, daß ich nie mehr mit auf den Ansitz gehen werde. Der Bock schreckt auf, schaut zu uns hoch und verschwindet im Dickicht, aus dem er kam. Er ist für heute abend gerettet. Die Schimpfsalve, die ich an diesem Abend über mich ergehen lassen muß, ob gerechtfertigt oder nicht, möchte ich nicht näher beschreiben.

Auf dem Nachhauseweg geschieht es: Eine Rehgeiß läuft in ein vor uns fahrendes Auto. Es ist am Brunner Weg, wo Rehe häufig die Straße wechseln. Mein Mann hält an, springt aus dem Jeep, läuft auf den Straßengraben zu und ruft gleichzeitig nach mir. „Schnell, reibe das Kitz mit Gras ab“, er hält bereits ein zweites in der Hand und bearbeitet dieses.

Ich tue alles, um dieses Kitz zu retten. Ich klopfe ihm den nassen Rücken, nehme die Flüssigkeit aus dem Maul und massiere es am Körper. Ich weiß nicht, wie lange es dauerte, bis dieses Kitzlein in meiner Hand lebendig wurde. Es wölbt den Rücken, blökt komische Laute und steht auch schon auf seinen dünnen, wackligen Beinchen. „Und was nun“, sage ich, „sperren wir nun diese beiden zu Axel in den Jeep, um nach Hause zu kommen?“

Ich setze mich auf die Ladefläche mit den Neugeborenen. Axel darf auf meinem Sitz Platz nehmen. Das weitere Problem ist, was machen wir mit den beiden kleinen Kitzlein und Axel. Nachdem wir erstmal zu Hause unsere jagdliche lebende Beute ausgeladen haben, versorgt mein Mann die tote Rehgeiß.

Das Amselkind

Ich zähle: 1, 2, 3, 4, 5. Die Kirchturmuhr schlägt. Es folgen nochmals 4 tiefe, dröhnende Töne. Den fünften Ton unterbricht ein fahrender Zug, der soeben über die Eisenbahnbrücke Richtung Nürnberg rollt, als nehme er der momentanen Zeit jegliches Gewicht. Bremsen quietschen, Autos donnern durch den Ort auf der B 8. Vögel zwitschern, Spatzen führen einen Disput, der sicherlich gräßliche Schimpfworte beinhaltet. Tennisbälle schmettern. Vom Tennisplatz höre ich die harten Aufschläge. Mit Leben erfüllt ist dieser herrlich sonnige Julinachmittag. Im Palmkätzchenbaum füttern eifrig Amseleltern ihre Jungen. Dieses Schauspiel ärgert den Axel sehr. Er versucht, diese Eindringlinge zu verscheuchen, indem er ständig kläfft. Schmetterlinge tanzen im Sonnenschein. Ich beobachte zwei schwarze, kleine Falter. Lange überlege ich und beobachte, was ihr Tanz auszudrücken vermag. Ist es ein Freudentanz darüber, daß endlich mal wieder die Sonne unsere Erde erwärmt oder ein Liebeswerben? Ihre Bewegungen scheinen angriffslustig zu sein. Ich strecke mich auf einer Liege auf der Terrasse aus. Schweiß perlt mir aus allen Poren. Ich triefe, eigentlich sollte ich jenes Unkraut jäten, welches mir von gegenüber ins Antlitz schaut, mich schier anglotzt, als wolle es mir zu verstehen geben: „Los, steh auf und reiß uns aus, wir passen nicht ins Blumenbeet!" Allerdings sollte ich meinem Migräneanfall anders zu Leibe rücken.

Aber im Moment fühle ich mich wohl. Duschen und erneut Schwit-

zen hat vielleicht auch etwas Gutes an sich. So liege ich nun gedankenverloren da und lasse unsere Amerikareise wie einen Film vor meinem geistigen Auge ablaufen. Kleine Bächlein rinnen überall an meinem Körper entlang. In meiner Elle bildet sich ein kleiner See. Über meine Brille hinweg, auf meinen Mund zu, türmt sich ein Meer auf. Gut so, denke ich, aber auch ekelhaft. Ich versuche, positiv zu denken, also wende ich meine Aufmerksamkeit auf das erstere. Ich sehe den Colorado mit seinem intensiven Grün. Unvergleichlich mit dem Unkraut mir gegenüber oder mit irgendeinem anderen Grün, welches wir auch in aller Fülle im Garten haben. Waren es die Kontraste der roten Felsen am Grand Canyon, die dem Grün seine Farbe verliehen?

Ich freute mich wochenlang zuvor auf dieses Ereignis. So wie eben erneut ein Zug vorüberrollt, rolle ich unsere ganze Reise nochmals auf, um meinen Reisebericht zu schreiben. Erneut suche ich die Dusche auf, um mich zu erfrischen. Axel kläfft ununterbrochen und mit einer Heftigkeit, geradezu einer Unverschämtheit, so daß ich ihn von der Laufleine befreie, die ich an der Eichenbank befestigt habe. Ihm steht ein großer Garten und ein Teich zur Abkühlung zur Verfügung, aber gerade dies alles reicht ihm nicht aus. Er springt mit Ausdauer und Zähigkeit aus dem

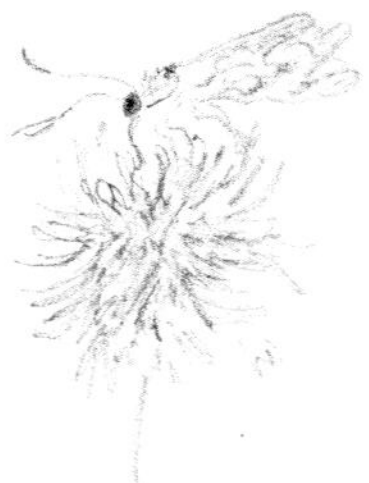

Stand über den eineinhalb Meter hohen Gartenzaun und sucht das Weite.

Er pflegt Bekanntschaft mit den Damen. Um aber an jene wieder ranzukommen, ist ihm auch da kein Zaun zu hoch. Das letzte Mal war er bei Ole in der Nachbarschaft im Wohnzimmer. Die Suche nach Axel war bald beendet, denn Ole wußte, wo dieser Bengel hingehörte. So befreie ich dieses Untier von seiner lästigen Leine, in der Hoffnung, daß er mir nicht wieder abhaut.

Ich habe kein gutes Gefühl dabei. Auch bedeutet es für mich immer wieder Streß, diesen Ausreißer frei laufen zu lassen. Vielleicht nimmt er heute Rücksicht auf meine Kopfschmerzen! Daneben gedacht, merke ich sofort; denn siehe da, Axel rennt auf die Hecke zu. Ein fürchterliches Gekreische erschallt und ein schwarzes Etwas von einem Vogel schnappt er sich zugleich. Ich renne auf Axel zu und schreie als wäre ich von allen guten Geistern verlassen: „Axel aus!“ Ich brülle immer wieder: „Axel aus!“ Ich zittere, Axel ebenso – ich habe ihn und den kleinen schwarzen Vogel erreicht. Dieser kreischt jämmerlich. Axel läßt ihn aus seinen Fängen fallen. Er ist befreit.

Dieses hilflose Ding flattert, torkelt wie benommen auf dem Rasen, seinem Nest im Palmkätzchenbaum zu. Blitzschnell greife ich mir dieses armselige Bündel. Ich sehe, daß es sein Füßchen nicht mehr gebrauchen kann, es ist anscheinend verletzt. Ich drücke diesen kleinen „Wurm“ ganz fest an meine Wange. Tränen kullern auf ihn herab und gesellen sich zu dem Naß aus Axels Lefzen. „Sei ganz still, du kleiner, nasser Vogel“, flüstere ich ihm zu. Jedoch dringt es nicht zu ihm, denn dieses nasse, schwarze Etwas in meiner Hand flattert so heftig und kreischt so fürchterlich, daß ich es in beide Hände nehme. Ich verstaue es in meinen Händen und forme ein kleines Nestchen um das Vögelchen. Es wird ganz ruhig, so ruhig, daß ich die eine Hand wegnehme. Es schaut mich mit seinen winzigen, schwarzen Knopfaugen an, als wolle es sagen: „Es ist gut so!“ Ich verharre kurze Zeit, bin überglücklich. Jedoch meine Augen schweifen zu seinem Füßchen. Es hängt und baumelt wie ein lebloser Teil, ohne jeglichen Bezug zum übrigen Körper, herunter. Ich streichle es, ich hauche es an, mein kleines, liebgewonnenes Vöglein. Es ist erstarrt. Was kann ich für dich tun?, drängt sich mir jetzt die Frage auf. Im Geiste suche ich nach einem Vogelkäfig meiner Kinder, um es gesund zu pflegen. Sekunden verweilen meine Lippen, ruhen auf dem Körper dieses Winzlings.

Axel bedrängt mich, er zittert immer noch vor Aufregung. Er hat sich aus seinem „Down“-Befehl erhoben und steht auf seinen Hinterläufen und schaut passioniert dem Ganzen zu. Ich gebe erneut Befehl, indem ich sage: „Aus Axel!“ Er versteht mich, aber seine Passion als Jagdhund ist größer. Er zittert, aber er weiß auch, daß er nun mal die Vögel nicht zu jagen hat. Ich umschließe wieder ganz fest mit den Händen mein Vögelein. Ich weiß nicht, wie lange ich diese Haltung einnahm und es tröstete. Jedenfalls kam mir mein Mann zu Hilfe. „Was ist denn hier los?“, ruft er. Er sieht mich und die Szenerie. Es gibt wenige Worte, denn er begreift, was vorgefallen ist. „Setz den Vogel dort unten in die Hecke“, befiehlt er mir. Ich zögere, denn mein mütterlicher Instinkt sagt mir etwas anderes. „Wenn Du meinst!“, erwidere ich. Ich gehorche und gehe zum unteren Teil der Hecke, setze das liebgewonnene Tierchen auf einen Ast und sage: „Mein Vögelchen flieg und werde bald gesund!“ – Aber es findet keinen Halt am Ast, fliegt auf einen anderen Ast zu, welcher sehr starke

Zweige aufweist. Es findet abermals keinen Halt. Lange Zeit kreischt es, als wolle es sagen: „So hilf mir doch!“ Es fällt zu Boden. Ganz ruhig wird es, kein Rascheln, nichts kann ich vernehmen. Ich lausche lange Zeit und schätze die Entfernung zwischen Gartenzaun und diesem Ast ab, den sich der Nestling aussuchte. Es kann sein, daß er noch innerhalb unseres Gartens fiel und dort in dieser steilen Böschung liegt.

Verzweifelt halte ich Ausschau nach meinem Mann. Er kümmert sich um Axel. Ich rufe: „Schau doch mal nach, ob Du unser Vöglein findest. Es muß hier unten in der Hecke sein!“ Er kraxelt zu der von mir angegebenen Stelle hinunter, durch Dornen, Disteln, Brennesseln, eben allem, was bei uns noch wachsen und blühen darf, ohne ausgerissen zu werden. „Ich habe mein Sonnendreß an, sonst hätte ich selbst nachgesehen“, gebe ich kleinlaut zu verstehen. „Ich habe ihn!“ sagt er erfreut. Erneut quietscht das Vögelchen aufgeregt, als er es in seine Hände nimmt. Mühsam kommt mein Mann hoch und bringt es aus unserem Grundstück und somit in Sicherheit vor unserem Axel. Es geschieht ein Wunder, das Amselkind fliegt ins Gebüsch, ein erneutes

aufgeregtes Gekreische ist zu hören. Mein Mann sagt: „Hörst du, wie die Alten schimpfen?“ Die kleine Amsel hat ihre Eltern wiedergefunden. Wir beide haben Freudentränen in den Augen. Ich stammle: „Bin ich aber froh“ und bringe kein weiteres Wort hervor. „Ich auch“, höre ich meinen Mann sagen.

Unser Amselkind ist gerettet.

Axel und Howard

Doris und Robert erwägen, sich einen Hund aus dem Tierheim zu holen. Es ist anzunehmen, daß die beiden erst einmal die gemeinsame Liebe zu einem Hund testen wollen. Jeder ist zwar im Besitz eines größeren Tieres, eines Pferdes. Doris reitet einen elfjährigen Pinto, ein Indianerpferd. Robert führt sein dreieinhalbjähriges argentinisches Polopferd an dem Führstrick spazieren. Er behauptet, er werde seine „Schnecke“ nie reiten. Er entwickelt geradezu eine Affenliebe zu diesem Tier, welche in immer größere Dimensionen ausartet. Gefügig und untertänig möchte er

sich kein Tier heranziehen. Ob dies gut gehen wird, ohne Gehorsam, antiautoritär?

Im Tierheim werden Gespräche geführt, die Tiere präsentiert und angeboten. An einem vier Monate alten Mischlingshund mit schwarzem Fell und rotbraunen, dikken Läufen, die tolpatschig durch die Welt tappen, finden sie sofort Gefallen. Die rotbraune Zeichnung an den Füßen, die wie Stiefeletten aussehen, setzt sich auch im Gesicht fort. Rotbraune Ohrenspitzen, die sich zum Kopf hin schwarz verfärben, hängen wie weiche Waschlappen beidseitig bis zur Lefze herunter. Ulkig sieht er aus und drollig, dieser halbwüchsige Bengel. Wie ein weißes Sabberlätzchen umrahmen und schmücken weiße Borstenhaare seine Brust und seinen Bauch. Der Entschluß fällt leicht, die Wahl ist getroffen. „Howard" nennen Doris und Robert dieses Gemisch aus einer Art Berner Sennenhund, einer Portion Schäferhund und einem Schuß weißer Spitzanteil.

Howard bekommt ein neues Zuhause. Überhaupt ein Zuhause. Für Mittwoch wird der Termin zur Abholung festgelegt.

Ein verhängnisvoller Tag für Axel. Vielleicht auch kein gutes Omen für Howard. Wenige Sekunden bevor Robert losfährt, kommt Axel unter die Räder beim unerlaubten Überqueren der Hauptstraße. Bremsen kreischen. Axel kläfft jämmerlich. Eine Hundedame flanierte gegenüber auf dem Bürgersteig, somit nützte Herrchens Befehl: „Axel, hier bleiben!" herzlich wenig – nichts! Wer nicht hören will muß fühlen!

Robert glaubt, sein Vater fahre Axel zum Tierarzt, um ihn einschläfern zu lassen, wobei er unterwegs ist, Howard heimzuholen. Zweifelnd, mit grüngelben Gesichtern, fahren nun die beiden los, jeder in seine gewählte Richtung, mit vagen, unguten, gemischten Gefühlen und innerer Anspannung.

Axel wird gerettet. Sein lädierter Vorderlauf wird geklammert. Ein paar Spritzen und Axel genießt acht volle Tage sein Kranksein ausgiebig, denn Frauchen betreut ihn fürsorglich und läßt ihn keine Stunde allein. Der Verband muß jeden zweiten Tag gewechselt werden. Diesen Vorgang führt der Tierarzt aus und ist nur mit einem Maulkorb möglich und mit Gewalt.

Endlich ist es soweit. Axel ist genesen. Ein Treffen mit Howard wird arrangiert. Die Begrüßung fällt etwas zurückhaltend aus, denn man kennt sich ja noch nicht. Axel, immer noch hinkend, galoppiert und hoppelt hinter Howard her wie ein ausgedientes Zirkuspferd. Akzeptiert, angenommen, mehr ein Herz und ein Sinn, die beiden haben Freundschaft geschlossen. Die Besuche von Howard häufen sich. Axel spielt ab und zu mal krank. Er hüpft auf drei Läufen umher, als wäre sein Bein amputiert.

Der Winter kehrt ein. Schnee bedeckt die Erde, den Garten. Die beiden tollen, schießen wie Pfeile durch Hecken und Büsche. Howard versteckt sich zwischendurch unter Eiben und Wacholdersträuchern. Sie beißen sich liebevoll in die Ohren und balgen sich im Schnee.

Wie frischgebadete Ratten mit ihren hitzigen Körpern albern sie unermüdlich, den ganzen Tag. Der Schneemann wird seiner Nase beraubt. Axel frißt leidenschaftlich gern Mohrrüben, aber dieses Mal handelt es sich um ein Kavaliersdelikt, denn er schmeißt die gefrorene, rote, verrunzelte „Nase“ seinem jungen Spielfreund zu.

Die Zeit verrinnt, der Schnee schmilzt dahin, Schneeglöckchen blühen, Krokusse und Tulpen schießen wie Pilze aus der Erde. Der Erde, welche vorher hart gefroren und mit Schnee bedeckt war, diente diesen beiden Tieren gleichzeitig als Spielwiese und Tummelplatz. Axels Spieltrieb ist so stark, daß er nichts zu wünschen übrig läßt.

Er fühlt sich mit Howard gleichwertig jung und vergißt seine guten Manieren. Er reißt mit Howard vom Buchsbäumchen Zweige ab, legt sich voll und breit mitten in das Heidekraut und beißt dabei sämtliche brauchbare Stengel ab. Seine Rassebezeichnung beläuft sich ja als Beiname „Heidewachtel“ dahin: „Kleiner Münsterländer“. Wutentbrannt hänge ich Axel nun mal wieder an die Eichenbank an eine lange Laufleine, die es ihm nicht ermöglicht, an die neusprießenden Blumenbeete ranzukommen. Howard, dieser Prachtkerl von einem drolligen Bären, beißt natürlich Axels Leine durch. Axel ist frei, aber nicht um mit Howard zu spielen, sondern um wieder mal das Weite zu suchen. Er springt über den Gartenzaun, wie schon so oft. Ein Jagdkollege vom Ort bringt ihn zurück. Währenddessen schüttet sich Howard einen Eimer weißer Farbe über sein schwarzes Fell. Howard gleicht einem Clown.

Tolpatschig tobt er erneut mit Axel. Auch Axel bekommt Farbe ab. Zum Glück ist der letzte Rest Eisschicht vom Gartenteich zerronnen, so daß ich beide ohne Mühe dazu bringen kann, dort ein Bad zu nehmen. Es wird ausgiebig gebadet. Beide Hunde zerren an einem Schilfrohr, welches gleichsam ihre erlegte Beute zum Ausdruck bringt. Dabei stöbern sie einen Goldfisch auf, der den Winter nicht überlebte. Howard verschwindet mit diesem verendeten Tier unter einer Eibe. Axel springt hinterher. Für Howard bedeutet der verendete Fisch eigentlich wenig, während Axel immer wieder versucht, diesen leblosen Körper aus Howards Läufen und Fängen zu befreien. Übler Geruch ist wahrzunehmen. Hartnäckig schalte ich mich ein, indem ich dieses verweste Tier wegnehme und entferne. Verlegen tippeln Axel und Howard umher, es fällt ihnen schwer, sich von ihrem Spielobjekt zu trennen. Jedoch hat Howard schnell ein neues Abenteuer in Augenschein genommen, indem er Axels Schwanz zwischen seine Pfoten nimmt.

Dies wiederum ärgert Axel verständlicherweise sehr. Axel knurrt, fletscht die Zähne, die Oberlippe hochziehend, um Howard zu mahnen, wer hier das Sagen hat. Plump, schwer, mit beleidigter Miene, fällt Howard erneut ins Blumenbeet. Das nasse Haarkleid der beiden bedarf erneut eines Bades, bevor man sie ins Haus bringen kann und der Unfug erneut in irgendeiner Form weitergeführt wird.

Das ist ein Hundeleben! Hund müßte man sein! Ein junger Hund, dem alles erlaubt ist.

Teil II

Kindheit und Jugend

Mein Traum

„Abends, wenn ich schlafen geh', vierzehn Englein um mich steh'n. Zwei zu meiner Rechten, zwei zu meiner Linken, zwei die mich decken, zwei die mich wecken, zwei die mich führen zu Gotteshimmelstieren!" bete ich inbrünstig. Mutter korrigiert mich, indem sie mir erklärt, es heißt: „Gottes Himmelstüren!"

„Ich möchte aber zu den Tieren!" weise ich Mutter bestimmend und entschieden ab, drehe mich zur Seite und schlafe ein.

Ich träume: Ich sitze auf einer großen, weichen Wolke. Ich bin umhüllt von weißen Wattebäuschchen, die mir kaum Luft zum Atmen geben. Ich schwebe darauf und erkenne gleichzeitig einen Schwan in meiner Wolke. Mein Schwan hebt seine Flügel und trägt mich ein Stück. Er spricht zu mir: „Du mußt dich festhalten, denn nun werden wir ganz um die Erde fliegen. Ich kenne deinen Wunsch!" Ich umfasse den Hals des Schwanes, es ist alles so weich und nicht greifbar. Meine kleinen Hände gleiten immer wieder aus, mir ist, als flöge ich alleine von Wolke zu Wolke. Es ist in der Tat so. Ich sehe weiße Wattebäusche zwischen meinen Fingern, meine Arme sind mit Federn beflockt. Ich habe Flügel. Der Schwan spricht zu mir: „Ich fliege neben dir, ich werde dir all die Tiere zeigen, nach denen man dich morgen im Unterricht fragen wird!" Ich frage ganz erstaunt: „Wie kommt es, daß du weißt, was ich zu lernen habe?" Der Schwan antwortet mir: „Ich habe dich auf deiner Wiese beobachtet, du hast deine Gänse gehütet, du lagst im Gras und du starrtest mich dabei immer wieder an. Du hieltest ein Buch in der Hand, aber das interessierte dich kaum, denn du zähltest die Wölkchen!" „Dann

bist du dieser weiße Schwan!“ juchze ich, „und weise bist du ebenso!“ „Wenn du daran glaubst und mich weise nennst, dann wird es so sein!“ entgegnet mir der Schwan. „Aber nun wollen wir zu deinen Tieren im Gottbüchlein.“

Ich rufe: „Weißer und weiser Schwan, wo bist du?“, denn plötzlich fliege ich über sintflutartiges Gewässer. Ja, ich bin diese Taube von der Arche Noah und sehe mich nach Land um. Ich sehe in das Boot. Ich sehe all die Tiere, die darauf sind, und bekomme Angst, daß das Boot kentert, denn die Tiere sind unruhig, das Boot schaukelt immer wieder hin und her. Die Tiere geraten in Panik, sie sprechen alle wirr durcheinander. Ich fliege ganz nahe auf sie herab und spreche zu ihnen: „Ich halte Ausschau nach Land. Ich werde wegfliegen und wiederkommen!“ Das Wasser spritzt in das Boot. Ängstlich starren mir all diese Tiere nach. „Habt Vertrauen!“ rufe ich ihnen zu und schwinge mich hoch in die Lüfte. Mein Schwan kommt mir entgegen, ich fasse nach ihm. Er aber sagt zu mir: „Erfülle deine Mission alleine. Du bist stark und hast Kraft. Du gabst dein Versprechen zu helfen, dann helfe du auch. Ich weiß, wo es Land gibt, du aber mußt es noch suchen. Der Arche Noah wird nichts geschehen, das verspreche ich dir!"

Meine Flügel werden schwer. Ich mühe mich ab. Sie schwingen nicht mehr. Ich stürze ins Meer. Ich tauche ein. Ich taste in meinem Kinderbettchen um mich und suche und greife nach meinem flauschigen, weißgrauen Schwan. Ich knuddle und drücke dieses Plüschtier und klemme es mir unter den Arm. Ich werfe mich zur anderen Seite und schlafe wieder ein.

Alle meine Tiere

Wem es beschieden ist, auf dem Bauernhof aufzuwachsen, der kann sich glücklich schätzen wegen der Tiere. Wenngleich ein Mangel an exotischen Tieren vorhanden ist, so jedoch ist das Erleben gleichermaßen aufregend und vor allem hautnah. Das Empfinden eines Kindes ist noch stärker als das der Erwachsenen. Bei ihnen handelt es sich

meist nur um Nutztiere. Je höher der Geldpreis, desto wertvoller das Stück Tier!

Ich bin ein auserwähltes Kind und freue mich jeden Tag auf's neue, erlebe auch jeden Tag mal etwas mehr, mal etwas weniger Aufregendes mit all den Tieren, welche ich alle mein eigen nenne. Es gibt wenig Unterschied zwischen dein und mein, wenn man klein ist. Denn alles, was kreucht und fleucht, auch die Produkte, die sie uns liefern, glaubst du, gehören dir. Natürlich auch das Obst, das auf den Bäumen hängt. Gut so!

Vier Jahre zähle ich an meinen Fingern ab. Vier Schafe haben wir in unserem Garten. Diese tummeln sich, fressen Bäume und Büsche kahl und mischen sich unter die Hühner, Küken, Enten und Gänse. Ja, das gibt es alles in unserem Garten, den ein hoher Lattenzaun umgibt. Unser Mutterschaf hat ein ganz liebes Junges zur Welt gebracht. Ich taufe es Hansi und nenne es mein Eigentum. Hansi ist ein munteres kleines Schäfchen, es hüpft um mich herum, macht Luftsprünge und meckert lauthals vor sich hin.

Wenn ich meinen Hansi rufe, springt er auf mich zu, oftmals falle ich auch auf ihn drauf. Hansi bekommt meine Flasche, die ich noch gar nicht so lange ablegte, und auch meinen Gummischlauch. Hastig und wild saugt er die Flasche restlos aus. Er stößt mit seinem Kopf zwischendurch auf mich ein, so daß ich manches Mal auf die Erde falle, denn er glaubt, er säuge bei seiner Mutter, die den Stoß des übermütig Trinkenden aushält. Hansi soll ab jetzt keine Flasche mehr bekommen, er sei groß genug, sagt man mir.

Ich aber möchte meinem Hansi die gewohnte Milch nicht verweigern, und so gehe ich in die Speisekammer und entwende Milch aus den großen Milchkannen.

Daß dieses Vorhaben nicht ganz gelingt, ist anzunehmen. Es fließt und brodelt, die ganze Kammer schwimmt, weißliche Milch überall, meine Kinderfüßchen planschen, klatsch, platsch! Es quillt zwischen den Zehen. Meine Flasche ist nun voll. Ich gehe meinen Hansi suchen. Ich rufe „Hansi". Er kommt auf mich zugerannt, nuckelt sein volles, jedoch dieses Mal kaltes Fläschen aus, dieses unerlaubte. Es schmeckt ihm auch. Er hoppelt, da er fertig ist, um mich frech herum, um mich zu necken. Aber dieses Mal ist es kein übliches Spiel, wie er es jeden Tag mit mir treibt. Übermütig hüpft er, meckert laut dazu und stößt auf mich ein. Mein Bauch schmerzt. Ich rufe nach meinen

Geschwistern, aber diese hören mich nicht. Ich flüchte auf den Kellerbuckel, die Erhöhung des Hauskellers, der außerhalb des Hauses angrenzt. Dort ist ein kleines Küchenfenster, eine kleine Luke, angebracht, welche zusätzlich Licht für die Küche spendet.

Ich krieche dort hinein und sitze in der Luke, und dieser Hansi, von dem ich glaubte, er wäre ein wirklicher Freund, stößt auf alle meine Körperteile ein. In meiner Angst drücke ich die Scheibe des Fensters ein. „Alle Tage ist sie offen, nur heute nicht“, denke ich. Ich falle in die Küche, in die Holzlege, die sich unterhalb dieses Fensters befindet und in der Holz gestapelt ist. Es tut weh auf dem harten Holz. Meine beiden Knie sind zerschunden, sie bluten. Aber ich konnte mich retten vor diesem Schaf, dem Hans. Denn aus dem niedlichen, lieblichen Tier wurde ein gehörnter, halbwüchsiger, für mich gefährlicher Schafbock.

Ami

Meine ganze Liebe gehört den Hunden. Ich habe einen ganz lieben, kleinen „Ami“, so tauften ihn meine beiden Brüder. „Warum Ami?“, frage ich immer wieder. „Das verstehst du nicht“, gibt man mir zur Antwort. Der Krieg ist vorüber, die Amerikaner belagern unsere Wälder, vielleicht hat es deshalb mit dem Namen etwas zu tun. „Ami gefällt mir aber gar nicht“, nörgele ich. Es bleibt dabei, der kleine Hund heißt „Ami“. Obwohl mir der Name nicht behagt, liebe ich diesen Hund abgöttisch. Er darf manches Mal mit mir ins Bett. Er tröstet mich, wenn ich alleine zu Hause bin, wenn Mutter mit meinen Geschwistern auf dem Feld arbeitet.

Vater ist in Rußland gefallen. Ich bin viel krank. Ich liege im Bett, habe Diphtherie und Gehirnhautentzündung. Ein Junge im Ort starb an Diphtherie. An meinem Fenster in dem Raum, wo mein Krankenbett steht (es ist das „Kabinett", ein Nebenraum vom Wohnzimmer), zieht gerade ein Pferdefuhrwerk vorbei. Ich sitze auf der Fensterbank und sehe Menschen, schwarz gekleidet, vorüberziehen, die hinter dem Pferdegespann und Wagen herlaufen. Sie weinen. Blumenschalen und Kränze schmücken den Wagen. Ich bin acht Jahre alt und kann mit dem Tod nichts anfangen.

Warum sind diese Menschen nur so traurig? Mitleidig starren sie mich an. Ich will froh sein, wenngleich ich sehr schwach bin und kaum sitzen kann. So rufe ich nach meinem Ami. Ich sage: „Komm rauf zu mir!" Mit einem Sprung über den vor mir stehenden Stuhl hinweg hüpft er hoch und sitzt auch schon auf der Fensterbank neben mir. Ich nehme seine Vorderpfote in die Hand und winke den letzten schwarzgekleideten Vorbeiziehenden zu.

Ein kleines Lächeln entlocke ich den traurigen Menschen.

Nachbars-Großvater

Unser Nachbars-Großvater sitzt oft bei uns in der warmen Wohnstube auf einem Korbsessel neben dem Kachelofen. Er trägt einen wunderschönen langen weißen Bart. Ich komme nicht umhin, ihn daran zu zupfen. Das geschieht ein paarmal am Tag, besser gesagt, sooft ich mich an ihm vorbeimogeln möchte, denn er versperrt mir den Weg zum Kabinett. Er hat einen Gehstock, den er umdreht, und mit dem runden Griff hakelt er nach meinen dünnen Beinchen. Damit hält er mich fest oder läßt mich auch hinfallen. Dies ist sein neckisches Spiel, das er immer wieder mit mir treibt. Ich aber gebe genug Anlaß, denn sein

wunderschöner Bart reizt mich, ihn zu erhaschen und – wenn auch nur ein kleines bißchen – zu zupfen. Das ist für mich das Höchste.

Großvater ist gestorben. Er ist in der Wohnstube aufgebahrt. Krampfhaft halte ich mein Blumensträußchen, das ich für ihn pflückte, in der Hand. Ich will es ihm in seine gefalteten Hände legen, über die sein wunderschöner Bart gebreitet ist. Im gleichen Augenblick stupst mich Ami in die Kniekehle. Er schlich mir nach, als wollte er mich zum Gehen ermuntern. Ich zupfe Nachbars-Großvater ein allerletztes Mal an seinem Bart und sage zu meinem Ami: „Sage du auch zu unserem Nachbars-Großvater Ade, denn er kann nie mehr zu uns kommen." Sein Gehstock steht an seinem leeren Stuhl. Großvater sah nie zuvor so schön aus.

Viel später begriff ich, daß der Korbsessel am Kamin sinnlos wurde.

Erst Jahre später verstand ich, was ich „Liebes" im Korbsessel verloren hatte, wenngleich Ami und Lisa, mein grau-weiß geflecktes Kätzchen, den Korbsessel gemeinsam belegten. Ersatz für Nachbars-Großvater waren sie nie!

Mein bester Freund

Unentwegt zerre und reiße ich an dem Myrtenkränzchen, das mir meine Schwester Luise heute morgen kunstvoll über meine Gretchenfrisur steckte. Gerne würde ich mich dieser Haarpracht entledigen, indem ich einfach alles runterreiße: Myrtenkranz und Haare auflöse und mich irgendwohin zurückziehe. Aber wohin? In den Kuh-, Hühner-, Gänse- oder gar in den Schweinestall? Die Hundehütte reicht für mich und Ami nicht aus. Das Kabinett, da wo eigentlich mein Bett steht, daneben das meiner Mutter, es grenzt an die gute Stube an, und gerade dieses Zimmer gleicht heute einem Belagerungsfeld, denn nach eineinhalb Jahren unfreiwilliger Ferien ist heute mein erster Schultag.

Müde fühle ich mich und matt. Endlich, ich hab's geschafft. Beides: mein Myrtenkränzchen vom Kopf zu nehmen und wieder zur Schule gehen zu können. Ich lege den Myrtenkranz vor mich auf den Tisch neben all die Blumensträuße und Blumenranken, welche mir meine Mitschülerinnen, vielmehr Freundinnen, mitgebracht haben, denn heute ist der erste Schultag, so daß mir der Begriff Schule eigentlich noch sehr fremd ist.

Heute, mein großer Ehrentag! Ein Fest! – Mutter hatte in der größten kupfernen Gugelhupfform einen Kuchen gebacken. Meine Schwester bringt Kaffee, welchen ich tags zuvor aus Gerste auf dem Herd röstete und fast verbrennen ließ. Dieses schwarze Körnerzeug mußte ich abends noch mahlen. Ewig lange dauerte diese Prozedur. Mein Arm schmerzt heute noch.

Ich rühre viel weiße Kuhmilch darunter und schlürfe meinen Kaffee, ansonsten muß ich immer Milch trinken. „Nimm Dir doch Kuchen!“, höre ich immer wieder auf

mich einreden. Ich mag keinen Kuchen. Warum läßt man mich heute mit dem Essen, ja gerade heute an meinem Ehrentage, nicht in Ruhe? Auch meine Freundinnen sind heute alle gegen mich. Ich solle essen, damit ich morgen den Weg zur Schule schaffe und am Unterricht teilnehmen kann.

Traurig sitze ich da, das Myrtenkränzchen vor mir auf dem Tisch, daneben das Gerstengebräu, mein Kaffee.

Naja, zumindest gibt es heute keinen Grießbrei mit Schwarzbeeren, denn dieses Gemisch hasse ich, dabei bin ich noch mehr als gemein. Ich rühre die Beeren solange unter den Brei, bis diese Masse schwarz ist und protestiere dann, dieses Ganze nicht essen zu können, mit Recht, so glaube ich jedenfalls.

Froh und glücklich sollte ich heute sein. Alle Anwesenden – mein Lehrer, der ein paarmal in der Woche an mein Krankenbett kam, um mir Unterricht zu erteilen, der Pfarrer, meine Freundinnen Eva, Helga, Inge, Reta, Sofie – stimmen an: „Nun danket alle Gott", die übrigen folgen mit kräftiger Stimme: „mit Herzen Mund und Händen . . .".

Dicke, fette Tränen kullern auf mein grünes Kleid. Dieser ganze Zauber dauert nicht allzulange und bald geht das Fest dem Ende entgegen. Ich verabschiede und bedanke mich bei allen. Daraufhin ziehe ich mich in mein Bett zurück, welches ich eigentlich endgültig für den Tag nie mehr benützen wollte.

Vorher aber löse ich Amis Kette vom Hals und locke ihn zu mir ins Kabinett und verspreche ihm einen Gugelhupf, welchen ich der Speisekammer entnehme. Brav und zufrieden legt er sich neben mein Bett. Er scheint froh zu sein, ins Haus zu dürfen, um wieder bei mir zu sein. Ich lese in meinem Buch und sage zu Ami: „Hör mal gut zu, ich lese Dir daraus vor!" »------: Anne, mit ihrem rotgelockten Köpfchen und den lustigen Sommersprossen im Gesicht, beugt sich tief über das Rentier. Sie streicht eine breiige Masse auf Leinenlappen auf und legt die heißen Binden auf den Rücken und vorne über die Brust, dort wo die Wunde am stärksten ist, darüber legt sie eine wollene Decke und bindet mit einer langen Schnur alles fest zusammen. Dabei spricht Anne liebevoll mit ihrem Rentier: „Ich werde Dich gesund pflegen! Wäre Vater mit dem Boot nicht auf dem vereisten See gewesen ...«" Ich sage zu meinem Ami: „Weißt Du, die Geschichte spielte sich im Norden ab. Beim Überqueren der Rentiere auf dem See geriet dieses Tier zwischen Eisschollen. Ein auflauernder Eisbär hätte

es niedergerissen, wenn nicht Annes Vater mit dem Boot unterwegs gewesen wäre.

Er erlegte den Eisbären und konnte mit viel Mühe das geschundene Tier mit nach Hause nehmen. Er wollte das Rentier nicht töten, denn Anne sah ihre Aufgabe darin, es gesund zu pflegen."

Lange, ganz lange denke ich an die weichen Leinenlappen und die breiige Masse, welche das Tier gesund machen sollen, mit Annes Liebe.

Ich stehe auf, gehe zur Küche, hole Milch aus der Speisekammer und koche mir selbst einen Grießbrei. Zum ersten Mal fallen mir die vielen Einmachgläser auf, die Mutter und meine Schwester einkochten. Ob meine beiden Brüder dabei halfen, weiß ich nicht. Die Einwohner vom Dorf überhäuften mich mit allem möglichen Eßbaren, damit ich wieder gesund werde.

Ich öffne ein Glas mit roten Kirschen und rühre den Saft unter meinen Grießbrei. Rosarot, wie die Schweinchen im Stall, sieht er jetzt aus. Ich schlucke und würge, aber ich drücke fast alles hinunter. Ami sieht mir dabei zu. Er winselt. Ich gehe mit ihm zum Futtertrog und teile den restlichen Brei. Ami schleckt sich genüßlich das Maul.

„Du guter Ami, mein bester Freund. Du verstehst mich und schimpfst nie mit mir, wenn ich nicht essen mag. Ich hab Dich sooo arg lieb!"

Kettenreaktion

Ich fülle den Backofen mit Holz. Mutter bäckt Brot. Ich hole ein Büschel Stroh, um die Backfläche im Ofen mit Wasser zu reinigen. Der Backofen steht hinter dem Haus

gleich neben dem Kellergewölbe, auf dem wir im Winter Schlitten fahren. Aber jetzt ist Sommer und ich mache den Backofen fertig. Mutter knetete schon frühmorgens den Teig. Das Holz muß lange brennen, damit der Ofen heiß genug ist, um das Brot schön braun und knusprig zu backen. So gehe ich zum Backofen, öffne die Türe und sehe in die Öffnung der Feuerung. Inmitten des restlichen Holzes in einem Strohnestchen sitzt eine Henne, eine Glucke, daneben liegen ein paar zerbrochene Eierschalen.

Die Glucke gackert und schreit aufgeregt, richtet sich in ihrem Nest hoch auf und – siehe da, eine gelbe Kükenherde kommt hervorgekrochen. Es zirpt und zwitschert. Die Glucke jedoch hebt ihre Flügel, faucht und zischt mich an wie eine Schlange. Schnell renne ich los, bringe das Hühnerhäuschen herbei und versuche, alles was da kreucht und fleucht in den dafür geschaffenen Stall zu bringen. Die Glucke, auf ihre Küken bedacht, springt aufgeregt aus dem Ofen, an mir hoch und hackt mit ihrem

Schnabel auf mich ein. Ich ergreife die Flucht und überlasse alles Weitere den anderen auf dem Bauernhof.

Mit dieser Glucke will ich nichts mehr zu tun haben. Die Küken werde ich füttern, ich werde Eier kochen und Brennesseln rupfen und schneiden.

Auf dem Weg ins Haus springt mir Heidi, unser Zicklein, entgegen. Es zieht sämtliche Geranienstöcke von der Fensterbank. Es zupft und reißt an all den grünen Pflanzen. Ich sammle die Scherben der Tontöpfe auf und will diese auf unseren Scherbenhaufen, der an den Holzschuppen angrenzt, bringen; dabei stolpere ich über Lisa, unser junges Kätzchen, das aufgeregt nach ihrer Mutter miaut. Ich falle mitten in den Scherbenhaufen.

Ich schreie. Nein, ich brülle los. Hände, Arme, Knie und Füße, alles blutet. Ich bleibe liegen und weine. Soll man mich doch aus dem Scherbenhaufen retten, soll man doch

sehen, was diese Tiere angerichtet haben. „Morgen werde ich mich an euch allen rächen“, schreie ich. Aber im gleichen Augenblick weiß ich genau, daß sich nichts ändert, ich sage trotzdem: „Wartet nur auf morgen!“

Gänseliesel

Nach dem Schulunterricht heißt es Gänse hüten. Wir – das sind meine Freundin und ich – ziehen los mit Leiterwagen, die mit Wasserkannen gefüllt sind, mit Decken, Bücherranzen und etwas Eßbarem auf die abgeernteten Getreidefelder. Barfuß, denn es gibt nur ein Paar Schuhe für das ganze Jahr. Jede hat eine Gänseherde von mindestens 25 bis 30 Gänsen zu bewachen. Wir haben große

Mühe, all diese Tiere zusammenzuhalten. Wir zählen immer wieder unsere Gänse, die sich unter die fremde Herde mischen und von den Eindringlingen zischend und beißend vertrieben werden. Aufregend geht es beim Gänsehüten und auf dem Weg dorthin immer zu. Aber trotzdem kommen wir Gänsehirten auch auf unsere Kosten. Wir müssen die Hausaufgaben machen, Ähren lesen, aufpassen, daß unsere Gänse keine Garben anknabbern oder in Nachbars Grundstück gehen, wo noch der Hafer auf dem Felde steht. Zwischendurch möchten wir auch unseren Spaß haben, indem wir manchmal Theateraufführungen mit unseren Decken und Leiterwagen machen, mit Kulissen und Zuschauern. Wir studieren Texte ein und führen es den Gänsen vor, die ein anspruchsloses Publikum sind.

Natürlich muß ein Prinz dabei sein und so bietet sich die Gelegenheit, daß wir eine ausgewählte, stolze Gans zu unserem Prinzen küren. Wir nennen die schauspielerisch veranlagte Gans „Prinz Georg“. Prinz Georg überragt alle anderen Gänse an Größe und Würde. Das zeigt er oft genug, indem er alle „Untertanen“ verscheucht, um sich ins rechte Licht zu rücken. Er spielt den Liebhaber von uns beiden Gänselieseln, legt sich mitten auf unsere Decke, steckt den Kopf unter seine Flügel und schläft zufrieden ein. Er knabbert aber auch an unseren Schulheften, läuft über die Schultafel, so daß wir unsere Hausaufgaben nochmals machen müssen. Sagen wir zu unserem Lehrer: „Darüber sind die Gänse gelaufen“, antwortet er: „Das ist eure Schuld und nicht die der Gänse“.

Prinz Georg liefert wunderschöne weiße Federn, er badet immer ausgiebig. Die Gänse muß ich sauber halten, denn sie werden gerupft für neue Betten, die wir nötig brauchen. Den Kinderbetten sind wir entwachsen.

Es ist Weihnachten! Die Gänse werden geschlachtet. Ich muß die Gänse, eine um die andere, zum Töten einfangen. Es ist ein Jammer, ein Drama. Ich will alle meine Gänse behalten, auch über den Winter hinweg, keine möchte ich hergeben. Jedoch hilft kein Widerspruch. Eine Gans um die andere kommt an die Reihe. Mein Prinz soll überleben, denke ich . . .

Was mach' ich nur, um ihm das Leben zu erhalten? Ich fange meinen Prinzen ein. Es ist kein Problem, er kommt auf mich zu. „Komm, mein Prinz", sage ich. Wir verstekken uns im Gänsestall, der im Hühnerhaus untergebracht ist. Ich habe diesen vorher gesäubert. Ich schlüpfe in den Stall, schiebe Prinz vor mich her und verkrieche mich in eine Ecke. Ich sitze am kalten Boden mit meinem Prinzen, lege mein Ärmchen um seinen Hals und verharre lange Zeit so mit ihm. Ich höre aufgeregte Stimmen. Es muß Mittagszeit sein, denn meine Geschwister rufen nach mir.

Ich bin still, Prinz ebenso. Jedoch das Stimmengewirr wird immer heftiger. Ich, das Nesthäkchen, werde von meiner Familie gesucht. Mein Bruder kommt zum Hühnerhaus gestapft, reißt die Türe auf. Mein Prinz schnattert aufgeregt, als bekomme er Futter oder frisches Wasser. Es wäre auch an der Zeit zu fressen.

„Was sehe ich da!" ruft er. „Raus da, Du bist wohl nicht bei Sinnen! Sag mal, spinnst Du? Was soll das?" Ich aber kreische und schreie lauter als mein Prinz: „Ich gehe nicht eher hier heraus, bis ihr mir versprecht, daß Prinz nicht sterben muß. Ich bleibe bis Weihnachten und noch länger." Ich sehe durch einen Schleier vor meinen Augen alle meine Lieben im Stall stehen. Die Hühner gackern und flattern aufgeregt von ihren Leitern und springen hinaus ins Freie, in den frischgefallenen Schnee. „Also gut", sagt meine Mutter, „lassen wir die Gans in diesem Jahr nochmals laufen. Füttern und tränken gehören zu Deiner Arbeit!“

Mein Prinz ist gerettet, er ist frei und ich ebenso von diesem nicht gerade wohlriechenden Gänse-Hühnerstall. „Danke Mutter“, rufe ich ihr hinterher.

Auf der Neideck

Hustend, pustend und keuchend plage ich mich schleppend durch den Tag im Geburtshaus meines Großvaters, fernab von der elterlichen Heimat. Verbannt für ungewisse Zeit, um meinen Keuchhusten auszukurieren, um meine Bazillen nicht unters Volk schleudern zu können, denn hier gibt es kein Kind, welches ich anstecken könnte. Langeweile plagt mich außerdem, und ich weiß nicht so recht, was ich den lieben langen Tag anstellen könnte. Meine Geschwister vermisse ich auch sehr. Es ist Winter und sehr kalt. Schnee liegt auf dem Anwesen meiner entfernten Verwandten, bei Großonkel und Großtante auf Haag.

Gebetssalven werden morgens bei Tisch, vor und nach dem Essen, mittags und abends heruntergeleiert. Wie im Chor, ich verstehe kaum die Hälfte. Es bleibt für mich unverständlich. Beim „Vater unser" bin ich ganz Ohr. Meine eigene Betonung bringe ich bei wesentlich anderen Sätzen zum Ausdruck. Ich kann der Schnelligkeit nicht Folge leisten, deshalb blicke ich brav und stumm, die Hände gefaltet, um mich. Die gesenkten Häupter stören mich nicht im geringsten. Ein Gebet geht ins andere über.

Erst ganz am Schluß gibt es das erlösende Amen, welches ich laut und deutlich sage. Ich nehme meinen Suppenlöffel zur Hand und löffle brav in der Milchsuppenschüssel mit Großtante, Großonkel und eben all diesen alten Menschen am Bauernhof. Ich muß mich zurückhalten, damit ich mit meinem Gekeuche nicht allzusehr auffalle in diesem kinderlosen Haus, denn ich werde geduldet, nicht

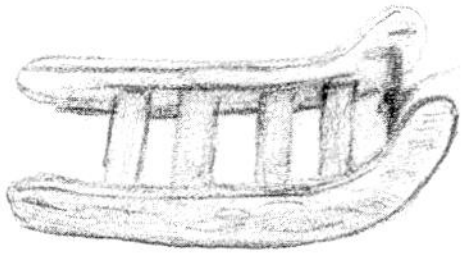

mehr und nicht weniger. Was bedeutet auch ein Kind für Onkel und Tante, die keine Ahnung haben.

Ich habe es schwer als neunjährige Göre. Meine Krankheit läßt es zu, daß ich mich im Freien bewegen kann. Gott sei Dank! – Ich suche mir Großvaters Schlitten und zerre diesen aus dem Stadel, fege ihn sauber, befreie die Eisenkufen von absplitterndem Rost und rodle gleich neben dem Hausgarten der Wiesent entgegen, einem kalten, reißenden Bach oder Fluß (diese beiden kann ich nie auseinanderhalten, wenngleich wir des öfteren in der Schule darüber sprechen).

Vorsicht ist geboten, um nicht in den Bach zu stürzen. Zuvor aber lauert die erste Gefahrenzone auf mich, die nahende Eisen-Bummel- und Bimmelbahn, aus Streitberg kommend, oder auch umgekehrt. Von dort holte mich Onkel mit seinem Pferdeschlitten vom Bahnhof ab.

Hustend und keuchend unternehme ich meine täglichen Schlittenfahrten. Auf dem bockigen Schlitten, sofern ich diesen so nennen kann.

Onkel und Tante fahren mit dem Holzschlitten in den zur Ruine hin liegenden Wald, um Holz heimzufahren. Ich bitte darum, mitkommen zu dürfen. Setze mich auf die hinteren Schlittenkufen und ziehe meinen Schlitten munter hinterher, da es bergauf geht und bis zur Ruine eine erhebliche Strecke vor mir liegt. Den Rest meines Weges lege ich alleine bis zur Ruine Neideck fort. Meine Anverwandten verrichten ihre Arbeiten im Wald. Ich aber ziehe munter drauflos, nichts wie hin auf die Neideck. Tagelang betrachtete ich sehnsüchtig die Ruine von meinem Schlafgemach aus, sofern kein Nebel lag. Heute darf ich mich glücklich wähnen. Meine Phanthasie ist leibhaftig, lebhaft dabei. Die Szenerie des Nebels tut ihr übriges dazu. Pustend bewege ich mich dorthin, denn es liegt noch ein leichter Aufstieg vor mir.

Jedoch spüre ich meine angeschlagene Gesundheit und verharre verschnaufend im Schnee. Da ich Spuren zu lesen verstehe – diese Fähigkeit lernte ich vom Vater meiner Freundin, der Jäger ist –, bin ich doch maßlos erstaunt, denn die Spuren, die ich zu sehen bekomme, stammen nicht, wie ich erst annahm, von den hoppelnden Hasen. Oh nein, es sind – ja sind es wirklich welche? Ja, was tun hier oben Katzen? Katzenpfötchen sowie eine menschliche Spur. Fußtritte, nicht allzugroß, zulaufend auf meine Ruine. Meine Ruine deshalb, weil das Grundstück, auf dem die Ruine steht, meinen Angehörigen gehört. Ja, dann bin ich nicht allein. Aber wer mag denn dort oben sein? Ich laufe schneller. Schweiß bricht aus allen Poren. Ich erreiche mein Ziel. Auf halbem Weg der Strecke kommen mir zwei schnurrende Kätzchen entgegen. Ich wundere mich, sonst niemanden dort zu sehen.

Die Katzen ignoriere ich, da ich keine so rechte Beziehung zu Katzen habe und meinen Hund Ami zu Hause lassen mußte. Außerdem mag ich auch keine neue Freundschaft knüpfen, denn meinen Ami habe ich besonders lieb. Katzen, die zu unberechenbaren Bestien ausarten können, dulde ich oder auch nicht, und außerdem verspüre ich wenig Verlangen danach, mich kratzen zu lassen. Ich laufe flott, meinen Schlitten hinter mir herziehend, besser gesagt, Großvaters Schlitten, so hoffe ich doch! Ich gelange

ins Innere der Ruine, muß ein paar Mauern überwinden und durch eine Luke schlüpfen. Mich schauerts. Meine Backen glühen, heiß, rot. Über meinen Rücken läuft es heiß und kalt, wenn es stimmt, daß der letzte Einwohner dieser Burg, ein Schlüsselberger, Konrad III., im Jahre 1347 hier umgebracht wurde durch einen Stein aus einer Wurfmaschine. Nebel steigt aus den Ritzen und Luken. Weißgrauer Schnee bedeckt das grau-schwärzliche Gestein der Ruine. Ich gelange an meinen Lieblingsplatz, an eine Öffnung, von der aus ich das ganze Wiesenttal überblicken kann. Es liegt mir zu Füßen, nur heute nicht, da es grau in grau ist, grauer als in unserer Milchsuppenschüssel, die ich mittlerweile hasse, denn zu Hause gibt's die nicht.

Oh Schreck! Ich laufe zehn Schritte zurück, stolpere über eine Mauer, halte jedoch mein Gleichgewicht und stehe wieder, wenn auch nicht gerade aufrecht. Es wimmelt von Katzen um mich herum, die mich eigentlich weniger beunruhigen. Meine ganze Aufmerksamkeit richte ich auf eine Frau, deren Alter ich nicht schätzen kann, die jonglierend über dem höchsten, hochragenden Felsen, den Mauerresten der Ruine, einherspaziert. (Ist die blöd?) Ich wage mich kaum zu rühren. In meiner gebeugten Haltung

möchte ich regelrecht zu einem Fels erstarren, um nicht erkannt zu werden. Erst jetzt wird mir bewußt, was diese Frau dort oben beschäftigt. Die vor und hinter ihr laufenden Katzen versucht sie einzufangen.

Es gelingt ihr scheinbar nicht. Sie spricht wirres Zeug. Es hört sich an, als füttere jemand Küken. Piep! Immer wieder, auch unter anderen Lauten höre ich hohes Gezirpe hervor. Ich verharre ganz ruhig, abwartend, bis sie mich entdeckt. Sie wird hoffentlich nicht erschrecken, wenn sie mich wahrnimmt, wenn überhaupt, denn diese Frau ist so sehr beschäftigt auf dieser schmalen Mauer. Ich wagte mich noch nie dorthin. Ich glaube, ein normaler Mensch kommt erst gar nicht auf diese verrückte Idee. Eine kleine, graugefleckte Tigerkatze läßt nicht von mir ab und schnurrt um meine Beine. Meine Angst verringert auch dieses Kätzchen nicht. Die Angst sitzt mir in den Knochen.

Ich schleiche mich ganz sachte davon. Jedoch ein gräßlicher, gellender Aufschrei löst die Spannung aus meinem angeschlagenen Körper. Kreischend springt die Alte von

der Mauer auf die Erde in den Schnee und kommt mir auch schon entgegengelaufen. „Hier geblieben!“, schreit sie mich an, „was machst Du hier in meinem Katzenhaus, Du kleines Luder?“ Mit weit geöffnetem Mund starre ich die Alte an. Kein Wort bringe ich über meine Lippen. Ihre Erscheinung lähmt mich völlig. Zerlumpt, zerfetzt hängen die Klamotten an ihrem Leib, wie alte Lappen baumeln sie an ihren Beinen herunter. Ihr zotteliges Haar gleicht drekkigen Kuhschwänzen.

Grausam, gruselig. Ihr Gesicht sah bestimmt noch nie ein Stück Seife. Ich bin unfähig, einen Schritt zu gehen, wie gelähmt stehe ich herum. Ich hebe meine Hand und zwicke mich ganz fest in die Nase, um zu spüren, ob ich noch lebe, und augenblicklich schreie ich los wie eine Besessene. Endlich komme ich wieder zu mir, sammle all meine Kräfte, suche nach meinem Schlitten und renne, was die Beine zu laufen vermögen. Es ist ein langer Weg zu überwinden, um endlich mit meinem Schlitten den Berg hinunterrodeln zu können. Die Alte verfolgt mich eine kurze Weile. Mir kommt es vor, als dauere es eine Ewigkeit, bis ich sie völlig abhängen kann.

Mein Schlitten gleitet den steilen Berg hinab. Ich erreiche die Arbeitenden im Wald. Springe vom Schlitten, eile auf Onkel und Tante zu. Umarme alle und drücke mich ganz fest an die stattlichen Haflinger, dabei erzähle ich stotternd und immer wieder nach Atem ringend und keuchend meine erlebte Geschichte, als gäbe es nichts Wichtigeres auf der ganzen Welt „Ach, die Alte treibt schon wieder mal ihr Unwesen dort oben, die arme Irre“, fügt Großonkel hinzu, um mich zu beruhigen. „Aber was hast Du da mitgebracht?“, fragt mich die Großtante.

Ich hatte nicht bemerkt, daß das kleine schnurrende Tigerkätzchen mir nachrannte. Wider meinen Willen nehme ich dieses schuldlose Wesen in meine Arme und protestiere: „Ich werde es nicht zurückbringen. Ich geh' auch nie, nie, nie wieder auf die Neideck, auf unsere Neideck.“

Beim Gebet am Abend spreche ich im „Vaterunser“, ganz laut aus: „und erlöse uns von der bösen Hexe auf unserer Neideck!“ Alle verharren inmitten des Gebetes und schauen auf mich, die kleine, keuchende, neunjährige Göre. Ich werde endlich beachtet und geliebt, mehr noch, das Kätzchen darf ich behalten.

Für meinen Ami, der zu Hause auf mich wartet, ist es dennoch kein Ersatz. Niemals! – Onkel sagt: „Ich bringe die Alte noch heute abend mit dem Pferdeschlitten nach Muggendorf zum Dorfpfarrer. Holst Du mir die Fackeln aus der Kammer?“, richtet er seine Frage an mich.

Heuernte

Im Gründlein wird Grummet gewendet, geheut. Mit dem Rechen werfe ich flott das feuchte Gras hinter mir hoch. Meine Lieben sind jeweils ein Stückchen weiter vorne und hinten, damit wir uns nicht gegenseitig behindern. Es geschieht in Reihen, es ist ein Gleichklang, immer wieder dieselben rhythmischen Bewegungen. Ich werfe erneut Heu hinter mir hoch.

Ich erschrecke, mein Herz scheint still zu stehen: „Eine Schlange!", schreie ich. Reflexmäßig schlage ich gleichzeitig zu. Es zappelt, einen Teil dieses Tieres habe ich abgeschlagen. Im gleichen Moment packt mich entsetzliches Mitleid, ich bin hilflos, wie sich das vor mir windende abge schlagene Teil des Tieres bewegt. Es ist eine Blindschleiche, ein harmloses Tier stelle ich fest, und ich habe dieses soeben getötet. Ich schlage noch mehr auf denRest des sich windenden Körpers ein, denn er soll nicht leiden müssen. Zu spät. Was hilft es jetzt, ich habe zugeschlagen und muß den Rest ebenfalls töten.

Ich bin ratlos, als meine Lieben zu mir kommen, um mich zu trösten. „Ich habe ein Tier getötet, ich habe eine Blindschleiche erschlagen!“ schreie ich vor mich hin. Ich wollte das nicht tun. Ich habe in meiner Angst getötet. Ich kann das Geschehene nie mehr rückgängig machen. Mein Heurechen, der zum Heuwenden dient, ist zum Werkzeug des Tötens geworden. Ich bin unendlich traurig über meine Tat. Gleichzeitig schäme ich mich. Wochenlang läßt mich dieses Ereignis nicht mehr los. Ich denke immer wieder daran.

Ich habe getötet, rumort es in mir. Ich war zu schnell, aber wäre es eine giftige Kreuzotter gewesen, tröstete ich mich, dann wäre ich stolz und mutig gewesen, ein Held. – Aber es war eine Blindschleiche! Nur der Moment, in dem ich so heftig erschrak, war bestimmend für meine Handlung.

Dieses Erlebnis werde ich mein ganzes Leben nicht vergessen.

Christian und ich

„Bitte habe noch 5 Minuten Geduld und hilf mir beim Holzholen und höre mit Deinem Gejammer auf“, sage ich zu Christian bestimmend. „Ja, aber heute kommt Vati von seiner Dienstreise zurück, und er wird es uns sicherlich nicht erlauben“, quengelt Christian weiter.

„Ja, doch, ich hab es Dir versprochen, aber trotzdem muß ich Holz auflegen. Oder willst Du, daß wir frieren,

wenn wir zurückkommen? Also los, trage noch ein paar Körbe Holz mit mir ins Haus. Erst wenn alle Öfen gefüllt sind, gehen wir!" fordere ich Christian auf. „Gerhard hat es gut, der fährt mit Mutti Ski in Innsbruck und ich, ich . . .", raunzt Christian zurück.

„Wenn Du jetzt herummaulst, nehme ich mein Versprechen zurück. Mir ist sowieso nicht ganz geheuer dabei!", muß ich gestehen.

Herr Noessel hat das Boot schon flottgemacht. Er hat es im Bootshaus aus der Verankerung genommen. Wir brauchen es nur noch aus dem Bootshaus zu hieven.

„Er weiß doch nichts von unserem Vorhaben?", frage ich. „Oh nein, er hat das Boot für die Entenjagd überholt und hergerichtet! Ich möchte in meinen Ferien nicht nur büffeln müssen. Ich muß auch etwas erleben!", sprudelt es aus Christian, dabei funkeln seine Augen. „So, Du mußt! Und ich möchte oder soll mit Dir lernen", füge ich hinzu, „und muß Dich versorgen!" „Es klappt doch ganz gut, Du brauchst Dich nicht zu beklagen über mich, oder?", entgegnet Christian. „Nein, mein liebes Kind, wir verstehen und vertragen uns gut. Aber manches Mal nervst Du eben, so wie jetzt", gebe ich Christian zu verstehen.

„Zieh Dich warm an, stellenweise ist der See zugefroren. Ich habe es heute morgen beim Milchholen gesehen, er hat heute nacht eine dünne Schicht Eis abbekommen. Ach ja, Christian, was hast Du bei Frau Hirn alles anschreiben lassen? Ich muß Deinen Eltern Rechenschaft ablegen!" „Sag mal, wofür bekommst Du eigentlich Dein Taschengeld? Wir werden uns mal in aller Ruhe darüber unterhalten, nicht jetzt!

Bist Du nun zum Gehen fertig?", frage ich Christian, „und bitte schlage die Eichentüre nicht so heftig zu, die Villa zittert jedesmal wenn Du kommst und gehst."

Den Schlüssel deponieren wir hinter dem Hl. Florian, unserem Schutzpatron, den wir hier oben mitten im Wald brauchen. Wir laufen über die Steintreppen durch den Garten: „Christian, hast Du das Brot für die Enten und Schwäne dabei?" frage ich. „Ach, ich hab's vergessen!" antwortet er mir. „Hole es doch bitte!" sage ich zu ihm.

Ich sperre die Tür zum Bootssteg auf. Noessels Dackel bellt vor Freude. „Komm, wir nehmen Dich mit ins Boot." Mir ist nicht ganz wohl dabei.

Ich setze Frikka, den halblahmen Dackel, ins Boot. Alle Enten und Schwäne schwimmen ans Ufer, nach Futter bettelnd. Christian wird gleich hier sein und euch füttern. Heute bekommt ihr schon morgens euer Futter. Es ist heute ein außergewöhnlicher Tag. An anderen Tagen verbringe ich meine Freistunden unten am See. Meistens treffe ich mich mit meiner Freundin Martha, die bei Süßkind nebenan im Haushalt tätig ist. Christian kommt aufgepackt: „Ja, was hast Du alles mitgebracht?", frage ich ihn. „Wir brauchen doch Proviant wenn wir nach Tutzing rudern!

Wir werden hungrig sein", sagt Christian zu mir. Wir beide steigen ins Boot. Mein weißer Schwan schwimmt ans Boot und legt seinen Hals auf den Rand des Bootes. „Willst Du uns begleiten?" Ich füttere die Tiere.

Christian verscheucht sie und schreit: „Haut jetzt ab, wir müssen startklar sein!" Er spielt den Steuermann und setzt sich an den Bug, dabei setzt er auch schon die Paddel. Ich sitze im Heck und stoße das Boot ab, zuvor löste ich es vom Anker im Bootshaus. „Haut jetzt endlich ab", schimpft Christian das zutrauliche Federvieh. Das Boot knirscht und reibt an den herausragenden Steinen im See. Es ist eben kein öffentlicher Strand, der mit Sand angelegt ist. „Also los, auf los geht's los!" feuert mich Christian an. Christian sticht einmal rechts, einmal links sein Paddel in den See. Es geht vorwärts. „Eigentlich ist unser Vorhaben verrückt", sage ich zu Christian, „quer über den See nach Tutzing. Es ist doch blöd, weißt Du wieviel Kraft wir brauchen, gegen den Wind und die Wellen!" Wir müssen in der Tat kämpfen.

Christian ist beglückt, berauscht, beseelt. „Sag mal, Christian, was willst Du Dir oder den anderen eigentlich damit beweisen? Ich habe nur zu einer Bootsfahrt zugestimmt die harmlos ist, nach Seeshaupt oder Starnberg, habe ich gesagt. Ich lasse mich nicht breitschlagen, mit Dir nach Tutzing zu rudern." Ich hoffte, ihn von seiner fixen Idee abzubringen, aber Christian will sich herausfordern. Herr Noessel hat uns zu spät bemerkt. Er wohnt mit seiner kranken Frau unten am See und versorgt das Seegrundstück, die Boote und den Garten. Er ruft uns Worte zu, die wir nicht verstehen können.

Christian hat mit seinen 12 Jahren ungeheuere Kräfte. Wir kommen rasch vorwärts. Ich bekomme naßkalte Füße und schaue ins Bootsinnere. „Du, Christian, unser Boot ist leck. Wir müssen zurück. Halbwegs sind wir. Entscheide Dich, wir müssen zurück!“ „Nein!“ schreit Christian mich an. „Wir paddeln nach Tutzing.“ „Und ich bestimme, wir kehren um, die Wellen sind uns dabei behilflich!“ „Also gut“, sagt Christian, „dann hab ich halt die Wette verloren!“ „Welche Wette denn?“ frage ich. „Naja, ich wußte ja, daß Du wieder mal . . ., oh, nein Christian, dahinter steckt etwas anderes, ein ganz anderes Problem. Wenn Du willst, sprechen wir beide, nur wir beide, darüber. Okay?“

„Nichts ist okay!“ schreit Christian. „Also gut, dann eben nicht!“ gebe ich versöhnend zu verstehen.

Wir rudern zurück, das Wasser steigt und steigt. „Wie gut kannst Du eigentlich schwimmen?“ fragt mich Christian. „Ich muß gestehen, nicht allzugut und im kalten Wasser und mit Kleidern überhaupt nicht!“ entgegne ich. „Ich habe den ersten Preis beim Schwimmwettbewerb in der Schule bekommen!“, sagt Christian. „Ja, aber das nützt mir nur wenig“, murmle ich kleinlaut vor mich hin.

Wir müssen uns beeilen und uns hart ins Zeug legen, um ans Ufer zu gelangen. Unsere Hände schmerzen. Schweiß steht auf unserer Haut. Wir werfen unsere Anoraks ab. Bis zu den Knöcheln stehen wir bereits im Wasser. „Also los, Christian, keine Müdigkeit vortäuschen!“ ermutige ich ihn, um mir selbst Mut zu machen. Wir kommen flott voran. Aber unser Kahn füllt sich immer mehr mit Wasser. Bei unseren Knien ist bereits das Wasser. Kalt, wie abgestorben sind unsere Füße, während wir an den oberen Körperteilen schwitzen.

„Wirf Deine Klamotten in den See, wir müssen schwimmen!“ feuert Christian mich an. „Und Frikka?“ frage ich.

„Frikka kann gut schwimmen“, sagt Christian tröstend zu mir.

Christian bestimmt, was weiter geschehen soll. Ich ziehe meine Kleider bis auf die Skiunterwäsche aus. Unser Kahn sinkt. Christian faßt mich bei der Hand: „Komm, wir springen gemeinsam!“ Ich zittere vor Kälte, auch Christian. Wir springen und schwimmen. Frikka hinterher, die es gewohnt ist, vom Entenapportieren. Christian tröstet mich, indem er immer wieder sagt: „Wenn Du nicht mehr schwimmen kannst, sage es rechtzeitig. Ich werde Dich über Wasser halten. Ich hab's gelernt! Heule jetzt nicht. Es paßt gar nicht zu Dir! Das Ufer werden wir bald erreichen“, spricht mir Christian immer wieder Mut zu.

Ich zweifle an meinem Durchhaltevermögen. Ich werde das Ufer nicht erreichen und im Starnberger See ertrinken und bin verantwortlich für Christian. Aber ich bin doch erst 17 Jahre alt. Ich kann nicht für Christian . . .

Wir hören Herrn Noessel rufen. Er kommt uns mit einem Boot entgegen, aber was sehe ich da?

Mein weißer Schwan kommt angeflogen. Er läßt sich ein Stück vor uns im See nieder. Ich umfasse den Hals, der lang aus dem See herausragt. Er breitet seinen Flügel vor mir aus, legt diesen flach auf's Wasser. Ich kann ihn ergreifen und wir schwimmen gemeinsam ans Ufer. Christian, ich und Frikka – wir schnattern wie die Enten und zittern am ganzen Leib. Christian und ich rennen die steile Anhöhe zur Villa hinauf. So schnell war ich nie vorher die Treppen gestiegen. Ich hatte Flügel. „Christian ist es nicht gut, daß unsere Öfen brennen?“, frage ich ihn.

Wir fallen uns in die Arme und sind die besten Freunde geblieben.

Conny

Es ist Januar 1959. Wir gründen in unserer Kreisstadt Neustadt/Aisch einen Reiterverein. Ich bin gerade stolze 20 Jahre alt. Es läuft der erste Reitkurs. Ein Reitlehrer namens Knapp aus Ansbach wird engagiert. Pferde werden für uns Reit-Aspiranten gesammelt. Wir sind eine interessante Gruppe, vom einfachen unbedarften Mädchen wie ich bis zu Akademikern und deren besseren Ehehälften. So

sammelt man nun ein Pferd ums andere zusammen. Ein Tierarzt aus Neustadt bietet seinen „Hoalberten Gaul“, wie er ihn liebevoll nennt, an. Er ist wirklich alt und fast ein Wrack. Aus Herrnneuses bekommen wir aus dem Bauernhof „Thomas“ zwei Ackergäule. Die Nürnberger Reitschule stellt uns drei ausrangierte Pferde zur Verfügung, und so geht's in den 14tägigen Reitkurs. Mit Feuereifer stürze ich mich in diesen Kursus, denn meine Liebe zu Pferden, zu den Tieren allgemein, ist überwältigend. Ich pendle ein paarmal am Tag zwischen meinem Heimatort Buchklingen und Neustadt mit meinem Mofa hin und her, stehe frühzeitig auf und düse los zu den Reitställen, um unsere Pferde zu füttern, zu tränken und zu striegeln. Um neun Uhr heißt es satteln. Alles geschieht korrekt, alles hat seine Ordnung. Unser Reitlehrer diente bei der Kavallerie und wir werden gedrillt, getrimmt auf alles nur Erdenkliche. Wir wollen ja reiten lernen. Disziplin kann jener lernen, der davon etwas hält.

Es ist ein klirrend kalter Morgen. Ich sattle wie üblich meinen zückelnden Hengst namens Conny von der Nürnberger Reitschule, sitze mit Hilfe eines Kursteilnehmers auf. Ich bekomme immer die unmöglichsten Pferde zum Reiten. Auch ein Widerspruch bringt mir nichts ein. Unser Reitlehrer sagt nur: „Du bist ein tapferes Mädchen, los steig auf! Es gibt kein Wenn und Aber.“ Ich maule zwar immer wieder und gebe zu verstehen, daß ich auch gerne den Ali, das niedliche Zirkuspferdchen, oder die Barossa, den Apfelschimmel, reiten würde. Ich bekomme die Antwort: „Die sind für die ängstlichen Damen. Aus, Basta!“ Also gut, oder auch weniger gut für mich.

So sitze ich hoch zu Roß, reite auf den Sportplatz zu. Die anderen in Reih und Glied hinterher, in Anführungszeichen. Naja, jedenfalls hoch zu Roß. Conny hat seine ureigene Gangart. Mit den Vorderbeinen trabt er, während er mit den Hinterbeinen galoppiert. Es ist ein Graus, einfach unmöglich. Es gibt keine harmonische Einheit zwischen Reiter und Pferd, denn sein Hinterteil bewegt er so heftig, als wäre er von einer Tarantel gestochen. Er zückelt eben. So legt er mit mir los. Mein Augenarzt, der uns des öfteren zusieht, belächelt mich und sagt schelmisch: „Schau des Gretela, wies auf ihrm Gaul hoppelt." Jedenfalls möchte ich zum Sportplatz mit diesem schräglaufenden Tier. Mein Pferd legt leichten Galopp an, ohne daß ich es ermutigt hätte. Dann plötzlich Halt, es bäumt sich nach vorne auf, dann hinten hoch, es scheut, oder will es nur zeigen: „Ich bin der Größte hier, schaut mich an, ihr Nachfolgenden! Ich verlachtes, geächtetes Pferd!" Ich schaffe es, meinen Conny wieder zu beruhigen. Tätschle ihn und sage: „Brav, Conny, sei schön brav." Er schüttelt kräftig seine Mähne so als wolle er sagen: „Ich bin auch schon wieder lieb." Ich klopfe ihm abermals den Hals. Gehorsam trottet er weiter zur Reitbahn. Er ist mir gefügig. Ich reite die gewünschten Figuren mit ihm. Wir sind fast eine Einheit. Wir finden aneinander Wohlgefallen.

„So, jetzt gehts an die Longe", wird uns befohlen. Er aber will nicht mehr so recht. Er legt eine Müdigkeit an den Tag, da er ja mit seinen Beinen behindert ist. Die Müdigkeit überträgt sich gleichermaßen auf mich, und ich gebe zu verstehen: „Geben wir es für heute auf, es reicht uns beiden." Unser Reitlehrer schimpft: „Euch werde ich's zeigen, wund reiten lasse ich Euch, Ihr müßt schweißen!" „Wir sind doch nicht beim Militär", raunze ich zurück. Conny, mein mir liebgewordenes Tier, sträubt sich mit aller Kraft und steht stocksteif da. Er mag weder einen

Schritt gehen noch traben. „Gib ihm die Peitsche!" werde ich angefeuert. „Conny", sage ich, „los, sonst muß ich auf Dich einschlagen und dazu habe ich nun wirklich keine Lust. Conny, los, hopp!" Ich gebe ihm die Sporen mit den Gummistiefeln, keine Peitsche. Conny schüttelt seine Mähne erneut, schäumt und beißt die Longe durch. Er schlägt mit den Hinterbeinen, und ab geht's im Galopp, dem Reitstall entgegen. Hoch zu Roß überquere ich die Hauptstraße. Ich kann Conny gerade noch rechtzeitig zum Schritt zügeln.

Meine Freundin meint: „Zum Conny gehört schon Mut". Ich sage: „Setz Dich nur drauf, der Mut kommt von selbst, wenn Du oben bleiben willst!"

„So, heute darfst Du auf diesem Ackergaul reiten", befiehlt der Reitlehrer. Ich denke: auf diese lahme Ente mit dem breiten Rücken? Naja, jedenfalls ist er gutmütig. Nun reiten wir wie üblich durch die Bahn, quer zur Bahn. Mein Dicker hat seinen Bruder ebenfalls im Kursus. Er kommt aus dem besagten Gehöft Thomas aus Herrnneuses. So reiten wir unsere Stilarten durch. Mein Ackergaul ist folgsam. Aufmerksam führt er auch meine Befehle aus. Jedoch ruckartig, urplötzlich, setzt er zum Galopp an, ohne jegliche Anweisung oder auch Vorwarnung rennt er zu seinem Bruder, der am Anfang unserer Gruppierung im Schritt trottet und reibt seinen Rücken an dem allerliebsten Bruder, auf dessen Rücken der Besitzer dieser beiden Ackergäule sitzt. Rücken an Rücken, wie zum Pflügen der Ackerscholle, trotten nun die beiden Pferde auf der Reitbahn. Ein Herz und ein Sinn. Ich aber hänge schräg im Sattel, verliere einen der Gummistiefel, die meinem Bruder Hans gehören und mir viel zu groß sind. So hänge ich nun und klammere mich an den Dicken. Es gelingt mir, mit Hilfe des Besitzers wieder ordentlich Haltung einzunehmen und hoch zu Roß und ohne Fall meine Gangart einzuhalten, wenngleich jeden Tag eine Dame um die andere ihren Platz vom Pferderücken auf die Reitbahn wechselt und auf die Nase fällt.

Ich finde riesigen Spaß an der Reiterei, denn nicht abgeworfen zu werden und auch das Pferd einigermaßen zu dirigieren, hebt das Selbstbewußtsein. Ich wachse auf dem Rücken der Pferde. Ich entwickle eine Liebe zu den Pferden. Ich investiere meine Liebe in die Pflege dieser Tiere und die Reiterei. Jedoch noch kurz bevor unser Kurs endet, bekomme ich heftige Rückenschmerzen. Ich gehe zum Hausarzt. Dieser bringt überhaupt kein Verständnis für meine Reiterei auf. „Dann hörst halt auf", gibt er mir trokken zu verstehen. Meine Euphorie für die Pferde muß den Schmerzen Platz machen. Aus ist es mit dem Reiten. Ich aber habe Sehnsucht nach den Pferden, nach meinem Conny. Ich muß dieses kranke Tier noch einmal sehen, bevor es nach Nürnberg gebracht wird. Ich düse eines Abends mit meinem Mofa nach Neustadt, wenn auch wieder mit Rückenschmerzen. Ich gehe in den Stall, wo Conny untergebracht ist. Die anderen Teilnehmer striegeln gerade ihre Pferde. Sie schimpfen über das Ungeheuer von Pferd, über Conny. Er läßt niemanden in die Box. Er frißt nichts, er ist unleidlich zu allen. Ich betrete den Stall und spreche seinen Namen ein paarmal aus. Er wiehert, er schlägt mit den Hinterbeinen und wartet darauf, daß ich zu ihm an die Futterkrippe komme. Er leckt mein Gesicht. Ich striegle und bürste sein Fell und spreche liebevolle Worte zu ihm. Ich bleibe den ganzen Abend bei ihm.

Es ist Mitternacht, als ich zu Hause ankomme. Meine Mutter fragt: „Wo warst Du so lange in der kalten Nacht?" „Ach Mutter", sage ich, „am liebsten hätte ich den Conny mitgebracht, ihn entführt!" „Welchen Conny denn", gibt sie schläfrig zu verstehen. „Ach was, Mutter, schlaf weiter, gute Nacht!"

Der letzte Hund am Bauernhof

Meine Mutter hat eine wunderbare Begabung. Sie hilft vielen Schweinen, Junge auf die Welt zu bringen. Sie tut es aus Liebe zu den Tieren. Oft holt man sie mitten in der Nacht aus dem Schlaf zur Geburtshilfe, denn nicht jeder Bauer kann sich einen Tierarzt leisten. Als Belohnung springt mal ein Körbchen Kirschen oder ein geflochtenes Körbchen für die Kartoffelernte dabei heraus. Aber das nur nebenbei. Wir haben natürlich auch immer wieder rosarote Ferkelchen im Stall, die manchmal getränkt werden müssen. Auch kommt es mal vor, daß das Mutterschwein böse ist und das Säugen der Jungen verweigert. Ja, dann trete ich in Aktion und versorge die kleinen lieben Ferkelchen mit dem Fläschchen, bis das letzte rosarote in meinen Armen einschläft. Es macht mir großen Spaß.

Sonntag morgens dürfen sich die Schweine im Garten austoben, sich suhlen. Sie bekommen eine Dusche mit dem Gartenschlauch. Es ist eine Freude, den lebhaften Tieren

zuzusehen. So geschah es, daß unser Kettenhund Astor sich von seiner Kette befreite. Er ist ein verrufener, bissiger Schäferhund aus einem Nachbarort, den niemand haben wollte. Ich habe Astor sehr lieb und hoffe, ihm noch rechtzeitig Zucht und Gehorsam beizubringen. Astor reißt also die Kette ab und rennt wie besessen dem Mutterschwein nach. Er beißt sich dort am Bein fest und bekommt Maulsperre. Er hängt am Bein und kommt ohne fremde Hilfe nicht mehr davon los. Mein Bruder vernimmt das aufgeregte Geschrei des Schweines sowie das jämmerliche Gekläffe des Hundes. Er eilt den rennenden Tieren nach, versucht, mit seinen Gummistiefeln dazwischen zu kommen, stößt ein paarmal an das Bein und an die Lefze des Hundes, um ihn zu befreien. Dabei verletzt er versehentlich das Auge des Hundes. Der Hund kommt frei.

Ein Jammer, ein einäugiger, angriffslustiger Hund, der wegen seiner Gefährlichkeit von allen gemieden wird. Er

bekommt von unserem Jäger im Dorf den Gnadenschuß. Dies sei ganz natürlich, gibt man mir zu verstehen, als ich von der Kirche zurückkomme.

Ein Hundeleben war zu Ende, noch bevor es richtig begonnen hatte. Für mich war es kein schöner Sonntag mehr und die restlichen Wochen noch trostloser. Es gibt auch keinen neuen Hund auf unseren Bauernhof.

Meine Metamorphose

Eng schmiege ich meinen samtweichen Körper an das Blatt einer Pflanze, welches ich mir zum Ruhen aussuchte. Endlos lang erschien mir der Weg dorthin, denn meine Füßchen trippelten sich wund und etliche Beinhärchen verlor ich dabei. Es ist ein besonderer Platz hier oben. Mein Kleid verschmilzt mit der Farbe des Blattes so ineinander, daß ich mich nicht abzeichne.

Sacht fallende Regentropfen perlen am äußeren Rand meines Blattes auf die Erde nieder. Das leichte Trommeln und Plätschern wiegt mich sanft in den Schlaf. Das Blatt über mir schirmt mich ab wie ein Dach und umhüllt mich wie ein schützender Mantel.

Mein verborgenes Geheimnis muß sich wandeln.

Feinfädig eingesponnen im Kokon wird mein Raupendasein enden. Dunkelheit wird mich umgeben und Be-

klemmung werde ich fühlen. Dann werde ich ruhen. Es werden Tage vergehen und der Schleier der Verheißung wird sich lüften. Ein weiteres Wunder wird geschehen, das Verborgene sich offenbaren und lösen wie Nebel im Strahl der Sonne. Ich weiß, meine Hülle wird platzen und die Enge weichen. Der Panzer muß springen, so wie die Knospen rundherum sich öffnen werden im wärmenden Licht der Sonne. Enthüllen wird sich dann meine reine Schöpfung in der Spiegelung meines Wesens. Als unvergleichlich neues Wesen werde ich ans Licht dringen, das mit dem Vorher keine Ähnlichkeit haben wird. Vom Licht durchflutet, werde ich die Kraft eines ganzen Sommers in mich aufnehmen und aufsaugen.

Ein Abenteuer wird beginnen und die Erde wird mir zu Füßen liegen. Meine filigranartigen Flügelein werden sich schwingend erheben, schwebend und federnd tanzen im unendlichen All.

Oh, wie verletzlich werden sie sein. Ich muß sie schützen, damit sie den Winden und Stürmen trotzen und standhalten können.

Taumelnd, vom Nektar trunken, werde ich von Blüte zu Blüte fliegen, nippen und immer wieder kosten. Glückseligkeit wird mich dabei beflügeln und erfüllen. Trunken, berauscht, werde ich mit meinem schillerndleuchtenden Körper und mit meinen Tänzen die Menschen erfreuen.

Ein Geräusch schreckt mich auf. Mein Füllfederhalter fiel zu Boden. Mein Kopf liegt auf meinem Arm. Ich war eingeschlafen.

Oder gar verwandelt? Ich sehe auf das Hausaufgabenheft vor mir auf meinem Schreibtisch.

Titel: „Metamorphose" – griechisch „Verwandlung" – Literatur: Verwandlung eines Menschen in ein Tier, eine Pflanze oder in unbelebte Natur, dargestellt in der griech. und röm. Mythologie, in Märchen und Dichtungen aller Zeiten, siehe z. B. die Werke von Ovid.

Zoologie: Gestaltswandel während der Entwicklung vieler Organismen, z. B. von der Raupe zur Puppe ...

Ich weiß, ich habe Flügel, die aus Gedanken sind.

Teil III

Tier und Mensch

Am Lagerfeuer – Weg – Träumen

Die Sonne fällt schräg auf uns hernieder. Ihr Schein ist fahl. Sie wird bald hinter den Bergen verschwinden. Unser Lagerfeuer lodert. Hanna sitzt aufrecht, nahe am Feuer, um sich daran zu erwärmen. Sie hat Augen wie Teiche. Wenn das Licht einfällt, spiegeln sie viel. Den Glanz und das Trübe. Ihr Lächeln hängt in den Ecken, paßt unruhig auf, daß ihm nichts entgeht.

Ich lege Holz nach und streife mir die Rindenstücke ab, die an meiner Wolljacke haften. Weich, zischend, sagt Hanna zu mir: „Das Holz müßte eigentlich ausreichen! Willst du noch mehr zusammentragen?“ Mir fällt dabei auf, daß ihr Hang zur Melancholie sie wieder zu befallen scheint. Ich antworte ihr: „Ich muß mich noch etwas betätigen. Es würde Dir auch nichts schaden, wenn Du Dich bewegen würdest!“ Hanna gibt mir mit ihrer melodischen Stimme zu verstehen: „Gönne mir doch die Rast, die wir uns heute verdient haben!“, dabei klingen tausend Stimmen in meinem Ohr.

Ich schleppe noch einen Ast herbei, der in der Nähe eines Ameisenhaufens liegt, breche dieses dürre Gehölz mittendurch und lege es obenauf. Hanna beobachtet all meine Handlungen. Ich geselle mich zu ihr. Ihre Augen schauen mich fragend an. Probleme verschmelzen in ihren Augen, wie Schneeflocken an der Fensterscheibe eines gutgeheizten Zimmers. Sie nimmt ihre Gitarre und spielt voll inniger Hingabe.

Ich lehne mich zurück und träume mich weg. Weit weg. – In eine Welt, in der ich mich zwischen Schall und Rauch, Farben- und Klangspielen verzaubern lassen möchte. Wo außerdem viel Platz zwischen Morgenröte und Stern-

schnuppen ist, hier am Lagerfeuer, unterhalb einer Burgruine.

In den zuckenden, flackernden Flammen steigen Erinnerungen auf. Bilder, die ich weiß Gott nicht herbeisehne. Ich sehe mich als kleinen Jungen: Tiere quälend. Aufgespießte Schnecken und Regenwürmer. Frösche im Sand vergrabend, Vögeln und Katzen auflauernd. Skrupellos nach jedem Käfer tretend, der mir über den Weg lief.

Was war ich doch für ein grausamer Junge! Die größten und schönsten Ameisenhügel zerstörte ich mit langen Stecken und Stangen. Eigentlich wollte ich mich weit wegträumen. Weit weg, das ist mir gelungen, aber die anscheinend noch nicht verarbeiteten Tatsachen dringen – belastend – durch. Mein Biologiestudium habe ich schon lange beendet. Ich unterrichte Schüler und gewähre den Spinnen, in meiner Wohnung Netze zu spannen.

Es wird dunkel. Hanna singt. Ihre weiche, melodische Stimme bringt mir mein Gleichgewicht wieder zurück. Ihre Stimme wird kräftiger, lauter, von Flamme zu

Flamme hüpfend, tanzend, ein Crescendo bildend, versetzt sie mich augenblicklich in einen hypnotischen Taumel und wieder, noch stärker, sehe ich all meine Schandtaten vor meinem geistigen Auge vorüberziehen. Ich sehe mich, meine Mütze bunten, tanzenden Schmetterlingen nachwerfen, um sie dann mit dem Netz einzufangen. Ich dürfte 8 Jahre alt gewesen sein. Mein Vater hat mich dabei ertappt und mir eine Lektion erteilt.

Warum rächte ich mich an unschuldigen Lebewesen? Mein Wunsch, ein Haustier zu besitzen, wurde mir nie erfüllt, aber das entschuldigt nicht die Tatsache, daß ich andere Tiere bestialisch quälen konnte. An meinem Handgelenk krabbelt eine Ameise. Ich stehe auf und trage sie zu dem naheliegenden Ameisenhügel zurück. Sie mag wohl am Holz gehaftet haben, welches ich hierher trug.

Wann, wann werde ich endgültig meine Erlebnisse vergessen? – Los sein? – Endgültig?! – Solange wir sind, wird es nichts Endgültiges geben. Es ist immer ein Wachsen, Werden und Gedeihen. Oder Verderben! Ich sehne und wünsche es herbei, dieses Lossein.

Los sein, dieses Geschehene!

Hanna singt und spielt hingebungsvoll. Sie hat sicherlich ihren Traum gefunden. – Ich sehe ein Glühwürmchen tanzen, oder war es eine Sternschnuppe?

Jonas

Ich schlage meine Augen auf, und ich weiß, dieser Tag wird anders sein. Der Morgen ist hell und klar. Ich empfinde ihn wie Glas, durchsichtig, transparent. Er fühlt sich kühl an. Ich habe das Gefühl, daß ich den Inhalt des Tages sehen und erkennen kann. Bei meiner Morgentoilette fühle ich anders als an anderen Tagen. Meinen Kaffee genieße ich, als gäbe es in den nächsten Tagen nur noch Wasser. Das Aroma durchzieht das ganze Haus. Mir ist bewußt, ich lebe, ich lebe intensiv. Weit öffne ich das Fenster, um den neuen Tag hereinzulassen. Zulassen, fließenlassen, geschehenlassen, sind meine Gedankenspiele. Ich kann mich nicht sperren, verschließen, einfach zumachen. Es treibt mich, oder ich werde getrieben. Ein unerklärliches Gefühl läßt mich die Leine und das Halsband für meinen Hund nehmen, welches ich ihm seltsamerweise noch im Haus anlege.

Wir beide schlagen einen Weg ein, den ich gar nicht kenne. Irgend etwas, eigentlich etwas Mystisches, treibt mich dazu. Ich lasse es geschehen. Mein Gefühl kämpft mit meinem Geiste, aber mein Gefühl ist stärker, überwältigender. Wir laufen an lichten Birkenhainen vorüber auf eine Anhöhe zu. Vorbei an sanften Hügeln, welche mit einem satten, herrlichen Grün bedeckt und nur hie und da von einem schroffen Felsen unterbrochen sind. Wir durchqueren auf unserem Weg eine Landschaft, die mich durch ihren besonderen Reiz fesselt.

Dunkle Fichten und Föhren stehen rechts und links von uns, die gar nicht so recht zu meinen klaren, lichten Gefühlen passen, aber dennoch zieht mich dieses Dunkle, Mystische in seinen Bann. Wir gehen immer tiefer in den Wald,

ohne den Weg zu kennen. Ich verspüre Unbehagen, da ich nicht weiß, wo mein Weg endet. Da es mir an Orientierungssinn mangelt, verirre ich mich in Gegenden, die ich nicht kenne. Ich zögere augenblicklich, trotzdem schreite ich dann entschlossen weiter. Eine innere Kraft treibt mich voran. Mein Hund geht aufmerksam, lauschend an meiner linken Seite. Elastisch, fast elegant, wiegt er seinen Körper, er schreitet aus, sich meinem Schritt anpassend, als ob er meine Gefühle wahrnimmt und empfindet wie ich. Als ich zu ihm spreche: „Heute ist ein unbeschreiblich seltsamer Tag!" glaube ich, ist er von ebensolchen heroischen Gefühlen durchdrungen. Sein Atem geht ruhig, kein Hecheln und keine Hetze.

Ausgeglichenheit spiegelt er wider. Ich bleibe stehen. Im selben Moment weiß ich, daß ich eine andere Welt betreten werde, wenn ich weitergehe. Doch dieses Wissen ist mir unerklärlich. Nichts ist ungewöhnlich an dieser Stelle und dennoch nehme ich eine schicksalhafte Empfindung wahr, welche ich an jedem andern Tag als Halluzination abgetan hätte. Ich tue all dies ab und schreite festen Schrittes meinen Pfad entlang.

Hinter einer Wegbiegung sehe ich eine Bank. Sie steht in einer kleinen Lichtung und lädt verführerisch zum Ausruhen ein, aber ich werde weiter getrieben, nichts kann mich zurückhalten. Der Wald verdichtet sich, rechts neben mir ist eine tiefe Schlucht.

Wodan, mein Hund, drückt seine linke Körperhälfte so fest an meine Knie, als fürchte er sich, als spüre er meine Unruhe. Wir laufen weiter, eng aneinandergepreßt. Ich halte inne und lausche. Inmitten der herrlichen Vogelstimmen höre ich seltsame quälende Laute. Die eines Tieres? . . . oder ist es das Dröhnen des Windes, der sich kalt und würzig stoßweise entlädt?

Wir verharren, Wodans Haupt fällt von einer auf die andere Seite, um mit mir zu lauschen. Seine Nase reckt er in den Horizont. Ich sehe nach oben. Die Kronen geben nur wenig Licht preis. Eng wiegen sie sich und reiben aneinander. Es ist nichts Bedrohliches, was von oben ausgehen könnte. Stille ist eingekehrt. Jedoch ein Schluchzen unterbricht die momentane Stille. Das Schluchzen eines Kindes. Meine Knie werden weich. Ich nehme Wodan fester an die Leine und sage: „Such schön, Wodan!“ Er zieht mich auf eine Anhöhe zu. Es liegen Felsbrocken herum und unter uns die tiefe Schlucht. Es müßte bei Regen einen Wasserlauf geben, ein Bächlein rauschen, rinnen. Wodan bellt laut. Ich beruhige ihn, indem ich sein Fell streichle und sage: „Gut, Wodan, ist ja gut!“ Erst jetzt erkenne ich das ganze Ausmaß an Verzweiflung.

Tief in der Schlucht liegt ein kleines Mädchen, gekrümmt, eng zusammengekauert, das Gesicht mit Erde beschmiert, und mein Auge erspäht etwas Großes, Braunes, Aufgehäuftes. Ich erkenne die Situation sofort. Meine eigenartige Beklommenheit löst sich allmählich. Wodans Bellen muß das Mädchen zur Besinnung gebracht haben, denn sein Köpfchen erhebt sich augenblicklich. Ich schrecke abermals zusammen. „Aber Mariechen, was machst Du hier unten in der Schlucht?“ Mariechen von der Kohlermühle starrt mich verwirrt an, als erkenne es mich nicht. „Wir kommen Dir zu Hilfe. Was ist denn geschehen? Erkennst Du uns nicht? Sag mal, bist Du von zu Hause weggelaufen? Müßtest Du nicht in der Schule sein? Was ist denn passiert?“

Vorsichtig wage ich mich in die Tiefe zu Mariechen. Steinbrocken rollen uns hinterher und Unmengen von verrottetem Laub. Ich umfasse das verwirrte Kind mit beiden Armen und drücke es ganz fest an mich. „Mariechen, sag, was ist geschehen?“ Ich erkenne, was Wodan entdeckt und aufstöbert.

Vor Mariechens Füßen liegt ein Laubgrab. Erde, Zweige und Moos liegen schichtweise darüber und ganz obenauf verstreut Huflattichblätter und Farngräser. Ich kann ahnen, was geschehen ist. Ich wiege Mariechen in meinen Armen. Es zittert vor Kälte. Ich drücke ihr schmutziges Köpfchen eng an mich. „Mariechen, hast Du hier Deinen Jonas begraben?“ frage ich zögernd. Erst jetzt bricht es aus ihr hervor. Es schreit und brüllt, es quillt aus ihr heraus. Nichts verstehe ich, und ich glaube doch alles zu wissen: „Ist ja gut, liebes Mariechen!“ tröste ich. „Ich bin doch da. Ich habe Dich gefunden.“ Ich halte einen Körper in meinen Armen, vergleichbar mit einem Vulkan. Mein Druck wird heftiger, mein Körper vibriert mit. Ihr Beben ist gleich meinem. Es ist so stark, als käme alles aus mir. Ich schluchze mit dem Kind in meinen Armen. Wodan steht unbeteiligt, beleidigt oder eifersüchtig, daneben. Mariechen beginnt von neuem zu sprechen: „Jonas sollte heute zum Schlächter geführt werden“, stottert es vor sich hin.

„Du weißt doch, seit Mutter tot ist, trinkt Vater nur noch. Er ist grob und böse zu uns allen. Ich hörte ihn sagen: „Morgen . . .“ – wieder schluchzte es.

Auch mich beutelt es heftig, so daß ich nicht weiß, ob es aus mir hervorkommt oder aus Mariechen, wir sind eins. Ich schlucke, mein Magen dreht sich um, der Kaffee will hochkommen. „Mariechen, Kleines, ich bring Dich zu mir nach Hause!“ Aber Mariechen schiebt mich mit all seiner verfügbaren Kraft zur Seite. „Nein“, schreit es, „ich bleibe hier bei Jonas, bis ich auch tot bin!“ „Aber Mariechen, sei doch vernünftig!“ Ich nehme es an beiden Händen und schüttle es fest. „Komm doch zu Dir und erzähle mir, wieso Jonas tot ist und hier unten liegt!“ Erneut bricht Mariechen zusammen und wälzt sich schreiend auf dem Waldboden. Ich laß es gewähren. Lange Zeit liegt es da.

Ich setze mich dicht daneben. „Weißt Du“, beginnt Mariechen zu sprechen, „ich wollte heute morgen, noch bevor die Sonne aufging, mit Jonas wegreiten“, wieder zittert das Mädchen am ganzen Körper, „weit weg von hier, daß ihm nichts geschehen kann.“ Mariechens Zähne schlagen hart aufeinander. Sie faßt Mut und ich lausche auf ihre Stimme, die stammelnd und kaum verständlich aus ihr kommt: „Es war noch ganz finster, und wir ritten durch den Wald und, und dann . . . passierte es. Jonas warf mich ab und er trabte alleine davon. Ich rannte ihm hinterher, so schnell ich konnte und dann, dann stürzte . . .“.

Die letzten Worte blieben Mariechen im Halse stecken. „Komm, gehen wir“, entschließe ich mich urplötzlich, lege die Leine von Wodan in Mariechens Hände und umfasse beides, ihr Händchen mit meiner Hand. „Glaubst Du“, fragt mich Mariechen auf dem Nachhauseweg zögernd, „ob Jonas ahnte, daß er sterben muß?“ Ich überlege lange.

„Warum sagst Du nichts mehr?“ fragend, hilfesuchend schaute mir Mariechen in die Augen.

Meine Antwort blieb offen.

Im Eichenhain

„Hör jetzt endlich mit deinem Gewimmer auf, du nervst mich“, ermahnte der Alte den Jüngling. „Mein kleiner Zeh tut ja so arg weh“, jammerte der Kleine immer wieder. „Mir ist ja sooo übel!“ gab er ganz kleinlaut von sich. „Ich glaube dir doch, aber streck' ihn erst mal richtig aus. Wenn du mit der Erde wieder fest verwurzelt bist, geht es dir prächtig. Daß dir die schwindelerregende Höhe noch in den Knochen steckt, das glaube ich. Du hast dich an den Kran geklemmt, als wolltest du dich mit ihm verbünden, anstatt uns im Eichenhain aufzusuchen. Deine Schönheit

ließ dich hochnäsig erscheinen, derweil bist du nur zimperlich wie ein altes Waschweib. Ich versteh dich doch“, lenkte der Alte sanft ein. „Nimm dich nicht so wichtig, du meinst, nur du hättest Probleme oder Schmerzen. Ich habe auch schon viele Schmerzen erlitten. Soll ich dir von mir erzählen, möchtest du das? Aber hör mir gut zu, das ist wichtig.

Weißt du, die Menschen hören einander nicht mehr zu, das ist nicht gut, daraus entstehen Verständnis-Schwierigkeiten. Also hör gut zu“, krächzte der Alte erneut. „Du weißt noch nicht, was ein Blitzschlag ist, und gerade ein solcher traf mich nachts vor vielen Jahren. Die Stadt schlief, meine rechte Seite brannte lichterloh. Du kannst es an meinem rechten Arm erkennen.“

Ich litt lange Zeit darunter. Ich war häßlich, aber jetzt stört es mich nicht mehr. Du kannst dir nicht vorstellen, wie groß der Schmerz war. Vorher fügte mir ein junges Liebespärchen Schnittwunden zu. Es ritzte in meine Haut ein Herz. Ich biß die Zähne fest zusammen. Mit einem lachenden und einem weinenden Auge mußte ich zusehen. Sieh gut hin, welche Initialen eingekerbt sind!“ „Ich kann gar nichts erkennen“, erwiderte das Knäbchen. „Du bist alt, rissig und knorrig und überhaupt nicht schön, von Herzchen keine Spur. Erzähl’ mir doch eine lustige Geschichte aus deinem Leben, Alter, hast du gar nichts erlebt?“ „Doch“, entgegnete der Alte grinsend, zog dabei seine Stirn in Falten und lächelte verschmitzt vor sich hin.

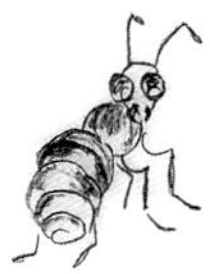

„Eines Morgens, es war Sommer, gruppierte sich eine fröhliche Schar, eine Groß-Familie, unter meine schattenspenden Arme. Sie breiteten sich zum Frühstück behaglich aus. Es gab viele leckere Speisen: Käse, Wurst, Konfitüre und Honig. Ein flotter Reitersmann kam des Weges, hoch zu Roß galoppierte er auf die Gruppe zu. Im gleichen Augenblick surrte und dröhnte es um uns herum, die Familie stob auseinander, der Reiter wechselte zum Baum über und verkroch sich unter meinen Blättern, er umklammerte ganz fest meine starken Arme.

Lauthals schrie ein kleines Mädchen mit ihrem süßen Honigmäulchen: „Helft mir doch, diese Mistviecher haben mich gestochen!“ Alle schlugen wild um sich, um den Bienenschwarm zu vertreiben. Die Idylle war zerstört.“ „Was war dabei so erfreulich für dich?“ fragte der Kleine. „Was soll bei dieser Geschichte so lustig sein?“ „Ja, weißt du“, sagte der Alte melancholisch, „die Menschen führen Kriege, sie bekämpfen sich gegenseitig mit allerlei Waffen und diese kleinen Wesen treiben sie auf die Palme, im wahrsten Sinne des Wortes. Das ist doch geradezu lächerlich!“ gab der Alte, mit einem Unterton von Groll in seiner Stimme, von sich.

„Sicherlich“, er hob dabei seine Stimme wieder an, „diese Invasion des Bienenschwarms war nicht gerade lustig.“ „Ja, dann bist du sozusagen schadenfroh“, flötete der

Jüngling. „Mag sein, wenn du es so nennen willst!", gab der Alte zu verstehen.

„Natürlich erlebe ich wahre Freuden jedes Jahr im Frühling, wenn alle Vögel aus dem Süden zurückkommen, denn dann bin ich wieder erfüllt mit Leben. Es ist ein Gezwitscher, Gezirpe und Geschnäbel um mich herum. Sie erzählen sich wundersame Geschichten. Es ist einfach herrlich, wie sie emsig ihre Nester in mich hineinbauen. Du wirst es ja selbst erleben!"

Glaubst du, dieses Getier baut auf meinen dünnen Ärmchen?" wisperte der Kleine. „Wenn ich dir sage, du wirst es erleben, dann wird es so sein, glaube mir doch", knurrte der Alte. „Ach, versteh mich doch ein klein wenig nur, und sei nicht immer so ungeduldig mit mir. Sag schon, sind 2000 Jahre viel oder wenig? He, Alter, sag schon, und knurr mich nicht immer so an. Nur weil du alt bist, machst du ein Drama aus allem. Du bist ganz schön überheblich!"

„Weise nennt man das, Kleiner, und was meine Stimme betrifft, so ist dies kein Knurren. Meine Stimmbänder sind schwach und außerdem sind 2000 Jahre viel zu lange. Eine Tafel besagt, daß Jesus Christus, wäre er hier vorbeigewandert, in meinem Schatten hätte ruhen können. Menschen sprechen davon, als sehe man es mir an, als rausche es in meinen Zweigen von Wind und Erfahrung zugleich! Weißt du, gut fühle ich mich, wenn Kinderhände mich beklatschen. Manche tanzen und wirbeln um mich herum, andere kraxeln auf meine Zweige und Äste, sie umarmen mich bei der Suche ihrer Bälle, welche sich in meinen Blättern verfangen haben. Junge Menschen singen frohe Lieder und musizieren, andere blasen zur Treibjagd mit Jagdhörnern. Es ist manchmal wunderbar, hier zu stehen."

„Lausch mal, was kommt denn da für ein Ungeheuer?" gab der Kleine ängstlich von sich. „Ach, an das wirst du dich noch gewöhnen." „Oh, es kommt so naß und kalt! Was macht diese Kreatur mit mir?" „Ach was, der Dackel sucht mich jeden Tag ein paarmal auf und begießt mich. Er hebt sein Beinchen und . . . naja, du spürst es ja selbst. Heut' bist du mal dran."

„Es riecht so penetrant!" „Beruhige dich wieder, Kleiner", tröstete der Alte. „Aber ich bange wirklich um dich! Weißt du, die Menschen machen vieles kaputt mit ihren Abgasen und Schadstoffen, das ist wesentlich schlimmer. Es sind schon viele unserer Artgenossen gestorben. Die Menschen gehen mit ihrer Umwelt nicht sorgsam genug um. Sie schützen ihren Lebensraum nicht. Sie sollten aktiven Umweltschutz betreiben. Es wäre die größte Herausforderung unserer jetzigen Zeit.

Mir verkleben die Atemwege, ich ahne mein baldiges Ende. Auch meine Bandagen, Krücken und Stützen erneuert mir niemand. Es wundert mich überhaupt, daß man mich so lange gewähren läßt, denn den Menschen ist nichts mehr wert und lieb. Alles, was verbraucht ist, kommt in den Müll. Sie werden noch ersticken an ihrem Gift und Abfall und sich selbst dabei ausrotten. Aber jetzt genug des Jammerns! Ich vertraue dir ein Geheimnis an.

Wie du ja selbst siehst, bin ich nur noch ein Wrack. Du sollst ja mein Nachfolger werden. Es ist schade um mein Wissen, aber nichts währt ewig! Also, paß gut auf, du Grünhorn. Wenn man mich fällt, die Axt anlegt und die Wurzeln ausbuddelt, wirst du einen wunderschönen Schatz erstrahlen sehen, an meiner linken Seite, dir zugewandt. Eine goldene Truhe liegt ganz dicht an meinem Zeh. Ich kann sie spüren.

Es gab eine Zeit, da ging alles drunter und drüber, da überfielen Räuber immer wieder Postkutschen, welche hier vorbeifuhren. So geschah es, daß hier zwei Räuber eine Prinzessin beraubten. Es fiel auch ein Schuß, der Kutscher war tot. Die Pferde scheuten, die Prinzessin fiel aus der Kutsche, sie brach sich sämtliche Knochen. Die Wegelagerer vergruben hier bei mir die Schatztruhe und suchten schnell das Weite. Wahrscheinlich aber sind sie bei weiteren Untaten selbst getötet worden, da sie nicht zurückkamen, um das Versteckte wieder auszugraben. Und so befindet sich das einstige Besitztum der Prinzessin immer noch bei mir im Erdboden.

Wenn also die Menschen mich mitsamt meinen Wurzeln ausgraben, dann achte darauf, wer diesen Schatz an sich nimmt. Ob man sich wegen des Schatzes streitet oder sich gar bekämpft. Du wirst sehen, wie habsüchtig und verdor-

ben manche Menschen sind. Mit Habgier und Macht versuchen sie einander auszutricksen. Dabei ist es ganz egal, welcher Menschenrasse sie angehören.

Hast du die vielen dunkelhäutigen Arbeiter hier im Park gesehen? Die kommen aus dem Süden und sind meist sehr lustig. Von Arbeit halten sie zwar nicht allzuviel, dafür lachen sie um so mehr.“

„Du bist ja ganz still geworden, mein kleiner Jüngling. Soll ich dich das Gruseln lehren, dann erzähl’ ich dir noch kurz aus dem Mittelalter. Man sagt »Das graue Mittelalter«. Da wurde eine Frau aus dem Ort gejagt, man legte ihr Handschellen an. Eine andere Frau wurde verbrannt, unweit meiner rechten Seite. Siehst du dort die schwarzen Steine? Dort war ein Scheiterhaufen errichtet, darauf verbrannte man sie. Diese Frau soll eine Hexe gewesen sein, sie schrie fürchterlich. Dieses Ritual wiederholte sich noch zweimal.“ „Hör auf!“ schrie der Jüngling ganz verzweifelt. „Mir reicht’s, mir ist ganz übel! Warum bist du nur so gemein und erzählst mir so grausame, schreckliche Geschichten?" „Weil ich's erlebt habe und du neugierig bist, aber ich will dir deine Stimmung nicht ganz und gar verderben. Erstmal erfreu'n wir uns an dem alten Penner, der schon bald seine nächtliche Bleibe bei uns aufsuchen wird. Ob er wieder so brüllt oder lallt? Wir lauschen, und vielleicht summt er wieder diese eine Melodie: »Schön ist es auf der Welt zu sein, sagt die Biene zu dem Stachelschwein!« Ich hoffe, er drückt sich wieder ganz fest an mich und streicht mir dabei über meine alten Narben. Oftmals stammelte er: »Du hast es gut, du alter Baum, du brauchst dich nicht zu sorgen, wo du neuen Schnaps herbekommst!" „Ist Schnaps denn gut für die Menschen?" wisperte das kleine Eichenbäumchen. „Überhaupt nicht", entgegnete der Alte barsch. „Schnaps ist eine Droge. Allerdings gibt es noch wesentlich härtere Drogen, die oft zum Tode führen können, und damit machen sich auch junge Menschen kaputt." Der Kleine streckte und reckte sich. Ein Windhauch spielte mit seinen Ästchen. „Du, Alter, mein kleiner Zeh tut überhaupt nicht mehr weh, die Schmerzen sind wie weggeblasen. Ach, bin ich froh", jubelte er. „Es ist schön, ein Baum zu sein", trällerte er immer wieder und seine Stimme klang kräftig und fest.

Espe

Ich wage kaum zu atmen, geschweige denn meine Augen zu öffnen. Barthaare sind es, die mich da kitzeln, oder ist es nur eine lästige Fliege? Der Geruch verrät es mir. Ich drücke und presse meinen Kopf noch tiefer und fester in die Kuhle meines Rucksacks. Ich blinzle erst, verlegen

schlage ich meine Augen auf. Ich habe mich nicht getäuscht. Verwirrt, erschrocken starre ich in die Augen über mir. Es sind große, traurige Augen.

Ich schlief gut auf dieser Bank am plätschernden Gebirgsbach. Die größte Strecke des Weges habe ich hinter mich gebracht. Bis zum Gipfelkreuz habe ich dennoch einen steilen Aufstieg vor mir.

„He, mein Halstuch bekommst du nicht", ich kann es gerade noch rechtzeitig retten. Ich öffnete es, bevor ich mich ausstreckte, denn die warme Herbstsonne und mein rasches Steigen ließen mich ins Schwitzen geraten. Ruckartig schnelle ich hoch und entreiße ihm mein Tuch, welches mich auf vielen Reisen begleitete. Die Farben seiner Augen kommen mir jetzt noch dunkler vor, helle Pünktchen spiegeln sich darin, tanzend reflektieren sie, damit geben sie dem Auge mehr Ausdruck, aber dennoch bleiben es traurige und geduldige Augen. Ich streiche über seine Nüstern und spreche zu ihm: „He, bist du ausgebrochen, ich erinnere mich, dich in einer Koppel gesehen zu haben, inmitten der grasenden Kühe. Dein Aussehen erregte Mitleid in mir. Du gehörst weder in die Kategorie der Esel noch der Pferde. Du armer Es- Es-Espe! Na siehst du, ich habe auch einen Namen für dich gefunden."

Ich öffne meinen Rucksack und krame nach Eßbarem für Espe. Ein Schinkenbrot kommt zum Vorschein. „Ich weiß nicht, ob es dir schmecken wird. Den Schinken werde ich vertilgen, das Butterbrot bekommt dir sicherlich besser. Einen Apfel habe ich auch noch als Nachtisch. He, nicht so hastig, laß meine Hand aus dem Spiel." Espe schüttelt kräftig seine Mähne, sein Maul schäumt. Er schlägt mit den Läufen aus und hoppelt wie ein Zirkuspferdchen.

„Was nun?" ich streiche meine Haare zurecht, schüttle mir ein paar Birkenblätter ab, welche ganz sachte im munteren Reigen auf mich niedertanzten, als ich mir ein Ruhelager bereitete, dabei schießt mir der Gedanke durch den Kopf: „Deine uralten Geranienstöcke und Fuchsien werden Frost abbekommen". Ich hätte diese wunderbaren Fensterblumen zu Hause zum Überwintern in den Keller räumen müssen.

Naja, nachlässig . . . Aber was geschieht nun mit Espe? Ich mache mich zum Gehen fertig, drücke Espe ganz fest und klopfe diesem seltsamen Geschöpf auf den struppigen

Rücken und verabschiede mich. Goldgelbe Blätter hängen erneut in meinem Haar. Gleißende Sonnenstrahlen erwärmen mich. Ich mag diese Herbststimmung, ein Aufgebot an Schönheit und Klarheit. Die Berge liegen zum Greifen nahe vor mir. Brauner Farn, gelblichbraune Erlennadeln säumen meinen Pfad. Laut raschelt das Eichenlaub, als spräche es mit meinen Füßen. Ich stiebe es auf, es macht Spaß, darin zu waten. Ich liebe diesen östlichen Aufstieg. Im Tal sehe ich Wattebäuschchen über den Dächern der Bergbauernhöfe liegen. Dieser Morgen erstrahlt in all seiner Schönheit, unbeschreiblich, herrlich. Durch Disteln, Latschen und über Steinbrocken führt mein Weg zur Berghütte. Ich steige rasch. Espe trottet hinterdrein. Ein Moosteppich breitet sich vor uns aus. Ich bleibe stehen und blicke nochmals zurück. Ich liebe den goldenen Oktober. Wenn der Herbst die Blätter zum Glühen bringt, dann packt mich die Sehnsucht zum Bergwandern. Ich schwelge in Schwärmereien und versinke im Betrachten der Natur um mich herum.

Espe zerrt und zieht an meinem Rucksack, als gebe er mir zu verstehen, er möchte etwas Leckeres daraus haben. Da ich aber die Gewohnheiten dieses Geschöpfes nicht

kenne, vertröste ich Espe, er möge sich gedulden, bald wären wir bei der Hütte.

Wir gehen und steigen. Ich kürze die letzte Strecke, indem ich die steile, wenngleich nicht ungefährliche, Route nehme. Ich verspüre eine Leichtigkeit, aber auch den Drang zur Freiheit, zur Selbstüberwindung, vielleicht auch Selbstbestätigung, da bricht sich eine Eroberungslust Bahn. Eine ungeheuere Faszination geht von den Bergen aus, die mich im Banne hält.

Es ist das Erlebnis, am Gipfel den Alltag unter sich und hinter sich zu lassen.

Espe, dieses raffinierte Stück Vieh, ist mir eine Nasenlänge voraus. Er hoppelt wie ein Hase, schlägt mit den Hinterläufen aus, erwischt dabei einen Felsbrocken, dem ich gerade noch entweichen kann, und hat auch schon den Gipfel erreicht. Espe ist schneller.

Ob ihm ein ebenso großes Glücksgefühl dabei widerfährt? Ich kann nur ahnen, daß sich seine Gefühle auf das Primäre beschränken, welches Hunger, Durst und Schlaf sein mögen. Und doch ist an Espe etwas Rätselhaftes, da er weder Esel noch Pferd ist und seine Augen eine einzigartige Ausstrahlung bewirken. Ich habe Espe ins Herz geschlossen.

Die klare, würzige Luft vermischt sich mit frischem Wind. Er schlägt mir hart ins Gesicht. Ich habe den Gipfel erreicht.

Mein Empfinden ist unbeschreiblich wie immer.

Unglaublich! 15° C lese ich vom Thermometer an der Eingangstüre der Hütte ab. Ich bin auf einer Höhe von immerhin 1911 Metern, und heute ist der 16. Oktober. Ich bin beflügelt. Ich schwelge in einem Glücksrausch. Es herrscht eine Hochdruckwetterlage. Die Sicht reicht Hunderte von Kilometern. Ich kann die umliegenden Berge erkennen, auch die Seen und Stauseen. Ich verspüre eine Glückseligkeit, eine Leichtigkeit und Schwerelosigkeit, die Freiheit auf dem Berge, ein Losgelöstsein – und dennoch ist Gottesnähe zu spüren.

„Oba des Wetta schlogt um", höre ich die beiden Waidmänner sagen, denen ich gestern auf der Almhütte „Geiger" am Wöllanernock begegnete. „Welchen Aufstieg haben Sie denn genommen?" richte ich meine Frage an die beiden. „Die Nördliche", gaben sie zu verstehen, „åba der is nimma schen. Es is furchtbår, wia die Baulöwn do obn umanånt wühln. A Hotel ums åndere baun und neie Schilift dazua."

„Die Berge werden sich rächen“, füge ich hinzu.

Ich erschrecke, ja, wo ist denn Espe. „Ich habe heute einen Begleiter mit!“ „I hobs imma schon g'sågt, Bergwåndan allan is zua gefährlich!“, murrte der Alte vor sich hin.

„Oh, nein, nicht was Sie denken! Es ist ein Tier, ein seltenes, eigenartiges Tier. Sie werden es gleich sehen!“ Aber verflixt, wo steckt Espe denn! Ich halte Ausschau nach ihm. Ein pechschwarzer Kolkrabe hackt auf Espe ein. Er flattert aufgeregt immer wieder an ihm hoch, doch sein Interesse hält nicht sehr lange an. Er nimmt auch mich in Augenschein, springt mir ans Knie und hackt heftig daran. Sein Gefieder glänzt pechschwarz in der Mittagssonne. Sein Schnabel ist kräftig und damit pickt und hackt er auf neu hinzugekommene Gäste ebenso ein. Ob er sich ins rechte Licht rücken oder hier oben auf der Hütte den Hofhund spielen möchte, weiß niemand zu beantworten. Vielleicht hat er auch seinen Partner verloren und fühlt sich einsam. Da die Kolkraben in strenger Einehe leben, kann er vielleicht seine Aggressionen nicht anderswo abbauen. Jedenfalls scheint er einem Gefecht ausgesetzt gewesen zu sein, denn sein rechter Flügel hängt schlaff zur Erde.

Er suche sicherlich die Nähe und Wärme irgendwelcher Lebewesen, da er von der Kaiseralm herüberkäme, welche vorige Woche geschlossen wurde, erfahre ich vom Hüttenwirt.

Ich lasse mir für Espe Wasser geben. Es ist wieder Frieden eingekehrt. Espe leert den Eimer restlos. „Ich werde dir Leckeres mitbringen, wenn ich wiederkomme, ich verspreche es dir!". Mit einem Klaps auf den Hintern gehe ich wieder zur Hütte zurück. Das Holzfeuer brennt im Ofen, es knistert. Die Bretter des Fußbodens knarren. Ich bestelle mir einen Almdudler und Germknödel mit Vanillesauce. Für Espe lasse ich mir Futter geben. Beim Hinausgehen kommt mir der Jägersmann entgegen und meint schelmisch: „Der treibt si olleweil do obn umanant, der kumt ausn Jugoslawischn. Da het net vü gfalt, und i hät ihn für an Hirschn gschoßn! Gängans heit no owi ins Tol? Es Wetta schlogt um!" „Ja", sage ich.

Espe bekommt das Versprochene, stocksteif steht er da, wie eine Statue am Felsen gemauert. Der schwarze Vogel, der ein paarmal ans Fenster der Almhütte flog, kreist um uns und flattert an unseren Beinen hoch. Es ist kühler geworden. Wolken steigen auf. Vereinzelt fallen ein paar Regentropfen. Ganz schnell geht es hier in den Bergen, wenn es heißt, das Wetter schlägt um. Man sollte beim ersten Anzeichen sofort umkehren, das heißt, ich sollte auf der Hütte bleiben. Ich werde bis zu den ersten Bergbauernhöfen laufen, dort bekomme ich sicherlich ein Quartier. Nebel steigt auf. Ich laufe flott, Espe folgt mir. Ich wußte nicht, ob er mich begleiten würde, denn ich habe kein Anrecht auf diesen Halbesel.

Ich frage mich, kann ein Esel treu sein? Ganz bestimmt!" sagt mir mein Instinkt, denn der Beweis liegt hiermit vor. Ich binde meine Schuhbänder fest. Der Rabe muß daran gerupft haben, denn der Knoten hat sich gelockert.

Der Nebel wird immer dichter. Es wird düster. Trist sieht es aus. Fast traurig liegen die kahlen Berge da, die heute morgen so klar, so lichtüberflutet ihre ganze Schönheit preisgaben. Die Natur war zu verschwenderisch, zuviel Licht, zuviel Sonne.

Ich treibe vielerlei Gedankenspiele, um mich fit zu halten. Aber auch der Nebel treibt sein Spiel, ich sehe kaum, wo mein Fuß hintritt. Das Tal erreiche ich heute nicht mehr, auch wenn ich gut laufe und den markierten Weg ignoriere. Um 18 Uhr ist es stockfinstere Nacht. Ich habe kein gutes Gefühl. Ich komme an den Tannen vorbei. Es ist kein warmes Grün mehr, ihre Konturen sind schwarz und grau, mich friert. Die Felssteine sind klitschig naß. Espe trabt neben mir her, dann wieder mal läuft er vorneweg. Belangloses Zeug spreche ich zu ihm. Der Nebel ist so dicht, er vermischt sich mit dem Hauch aus Espes Nüstern.

Ich gleite aus. Ich rutsche, meine Füße finden keinen Halt. Ich falle auf das glitschige Felsplateau. Sekundenlang bleibe ich liegen und warte und teste, was ich mir alles zugezogen haben könnte. Ich versuche aufzustehen. Ein scharfer Schmerz fährt mir durch den Knöchel. Ich habe mir den Fuß verstaucht. Ich kann nicht mehr weiter. Ich lege meinen Rucksack ab, hole den Regenmantel heraus, um mich darauf niederzulassen. Gleichzeitig wird mir meine Nachlässigkeit bewußt. Mein Verbandszeug ist nicht vollständig. Ich nehme mein Halstuch ab, es fühlt sich warm an, und bandagiere meinen Knöchel.

Eine Sicherheitsnadel habe ich für alle Fälle immer im Geldbeutel. Ich mache mir ein Krankenlager zurecht. Espe kommt mir ganz nahe. Er kniet sich auf die vorderen Läufe und wartet. Dann streckt er sich behaglich neben mir aus. Pochender, hämmernder Schmerz durchzuckt meinen Knöchel. Ich umfasse mit beiden Händen meine Knie. Mein Kopf fällt schwer darauf. Tränen rinnen mir über das Gesicht. Sie rollen und strömen wie ein kleiner Gebirgsbach. Laß es zu, wenn es dir gut tut, denke ich.

„Ich werde nie mehr alleine in den Bergen wandern", schimpfe ich vorwurfsvoll mit mir, und den Dobratsch kann ich morgen von unten ansehen; sofern ich überhaupt gefunden werde. Selbstvorwürfe, Wut, Zweifel, Angst, alles breitet sich in mir aus. Ich bete: „Herrgott, Du hast mich Deine Berge in all ihrer Schönheit und Größe erleben lassen, erst heute morgen warst Du mir so nahe. Gib mir die Kraft, die ich brauche, und schicke mir Hilfe."

Mein Unterbewußtsein arbeitet, mir drängt sich die Frage auf, gegen welches Gesetz ich verstoßen habe. – Ich kann es nicht abtun, indem ich mir vorhalte, es sei Schicksal, wenn ich ohne Verbandszeug, ohne Licht allein in den Bergen herumkraxle. Aber ich bin doch gar nicht allein. Espe ist doch bei mir. Sicherlich, Espe, mein guter, fremder Kamerad, der mich begleitete, der niemands Eigentum ist. Ich rücke ganz nahe an Espe heran, schmiege meinen Kopf an sein struppiges Fell. Espe läßt es zu. Ich friere. Ich höre Stimmen. Oh, es sind noch Wanderer unterwegs, möchte ich jubeln. In der Tat, zwei junge Leute kommen auf mich zu. Sie möchten noch vor dem Dunkelwerden die Hütte erreichen. Ich bitte sie, die Bergwacht zu verständigen. Die Lage ist mir zu riskant, allein hier oben die Nacht zu verbringen, das heißt mit Espe. Ich starre auf meine Uhr. Es dauert noch eine Ewigkeit, bis diese letzten Wanderer die Hütte erreichen werden. Ich muß abwarten. Total entmutigt, müde und zähneklappernd vor Kälte und Schmerz, sitze ich auf dem feuchten Felsen. Meine Nerven zerren, der Schmerz wird fast unerträglich. Ich rutsche auf allen vieren in eine Felsspalte, in eine kleine Kerbe eines aufrechtstehenden Steines. Espe steht auf, bleibt neben mir stehen, dann knickt er seine vorderen Läufe ein und verharrt lange Zeit. Ich verstehe nicht, was Espe ausdrücken möchte. Lädt er mich zum Aufsteigen ein? Dann aber läßt er sich fallen. Ich überlege, was meinerseits zu tun ist, um auch andere nicht zu gefährden, die bei der Suche nach mir tätig sein werden, . . . falls überhaupt.

Ich habe einen Hoffnungsschimmer. Es ist anzunehmen, daß die Waidmänner aufmerksame Beobachter sind und sie mich gesehen haben. Sie schicken bestimmt Hilfe.

Dann kommen aber ganz andere Gedanken: Wie kann ich das nur annehmen, heutzutage denkt jeder nur an sich und außerdem hätte ich, wenn auch nicht bis ins Tal, dann zumindest bis zu den ersten Bergbauernhöfen kommen können. Es wäre in der Tat so gewesen, wäre ich nicht ausgerutscht, ausgeglitten.

Ich beobachte die in mir hochkommende Angst, wie sie sich in verschiedenen Ebenen, Strukturen immer wieder ausbreitet und inwieweit dieses lähmende, peinigende Gefühl auf meine Hoffnung Einfluß nehmen kann. Ich denke an den einsamen Kolkraben von heute mittag. Wo er sein Nachtquartier wohl aufgeschlagen haben mag? Denn sein lädierter Flügel läßt ihm keine Möglichkeit zum Fliegen. – Ich friere und sehe meine Hand nicht mehr vor den Augen. Ich verschaffe mir die Illusion, am offenen Kamin zu sitzen.

Könnte ich nur Feuer entfachen. Aber es würde nichts nützen, ich könnte damit nichts signalisieren, denn der Nebel verschlänge lechzend den Schein. Ich bin dem Berg ausgeliefert, ich vertraute ihm zu sehr. Es steht geschrieben: „Der Glaube versetzt Berge!“

Ich schmiege mich an Espe. Der warme Atem und der Geruch des Tieres lassen mich seine Anwesenheit spüren. Ansonsten ist alles grau in grau. Naßkalt breitet der Nebel sein Gewand über alles aus. In meinem Knöchel hämmert der Schmerz. Ganz nahe drücke ich mich an Espe heran. Es ist ein gutes Gefühl, seine Wärme und seine Nähe zu verspüren. Ich schlafe ein.

Ein jähes Erwachen, ich schrecke auf. Espes rasches Aufstehen reißt mich gänzlich aus dem Schlaf. Er brüllt lauthals: „ia, ia, ia“. Ein kleines Lichtlein durchbricht die Nebelwand und verschwindet auch wieder. Ich kann ein weiteres erkennen. „Espe, wir scheinen gerettet zu sein.“ – „Wir sind hier“, rufe ich zwischendurch, wenn Espe sich mit seinem „ia“ beruhigt.

Ich werde wahrscheinlich nie mehr allein in den Bergen wandern, das heißt, da bin ich mir ganz sicher.

Herbstmorgen

Wie von Zauberhand geschaffen, glitzern die Spinnwebennetze im morgendlichen Tau, wie Glasperlen klebt er daran. Aufgereiht, aufgefädelt zu Perlenketten schimmern die dünnen, filigranartigen Fädchen, als wären sie aus Diamanten geschliffen. Sobald die Sonne ihre Kraft entfaltet und an den Tautropfen leckt, zerfällt dieses märchenhafte Gebilde, dieses herrliche Glaskollier. Wie kleine Zelte liegen die Spinnwebenfädchen auf den herbstlichen Wiesen, zwischen Bäumen, Sträuchern, kleinen Ästen und Zweigen, überall, wohin mein Blick auch fällt. Ich atme tief die würzige Luft ein. Die Herbstfärbung entfaltet ihre ganze Palette.

Sie breitet sich in verschiedenen Nuancen über die vor mir liegende Natur. Hier, genau an der Wegbiegung, zwischen gebeugten Gräsern, erspähe ich noch ein Spinnenrad mit Tropfen aus Kristall, ebenfalls zu einer Kette geflochten. Erstaunlicherweise reißt kein Fädchen, obwohl der Tau daran zerrt und schwer daran hängt. Diese sich spiegelnden Lichtreflexe unterstreichen die wunderbare Form des Gewebes. Herrlich ist dieser Morgen. Ich bleibe immer wieder stehen und blicke um mich. Ein Gefühl von Behaglichkeit, Wonne und Wärme umgibt mich, obwohl ein zarter Windhauch um meine Nase streicht. Dieses einzigartige Schauspiel wird bald seinen Reiz verlieren, wenn eben die Sonne . . .

Oh, welch ein Schreck.

Plötzlich sehe ich ein Bild des Grauens.

Augenblicklich erstarre ich inmitten meiner Verzauberung. Meine Augen erspähen Entsetzliches. Unterhalb des Spinnenrades vor meinen Augen, dort, wo sich die Gräser bis zur Erde neigen, wo dieses herrliche Gebilde seinen Anfang, Ursprung genommen haben mag, sehe ich in einiger Entfernung einen Feldhasen zappeln. Seine vorderen

Läufe schlagen auf dem Waldboden auf, während die Hinterläufe in einer Falle festhängen. Mein Blut wallt und pulsiert so heftig, als wolle es mir aus allen Poren laufen. Ich überlege kurz, ob ich fremde Hilfe holen soll. Doch der Weg zu den nächstliegenden Häusern ist zu weit, und vor allem die hohe Steigung würde mir kein rasches Vorwärtskommen ermöglichen.

Auch wenn ich losjoggen würde. Die Frage, die sich mir heute morgen immer wieder aufdrängte war: Wie erlebe ich mich beim Joggen, Laufen oder Gehen? Was empfinde ich dabei, und was erlebe ich in der Natur? Als wäre ich einer inneren Eingebung gefolgt, gerade jetzt zu laufen, denn dieses hilflose Wesen benötigt meine Hilfe. Während meine Gedanken grübeln: Was sind das für Menschen, die derartiges tun? Heutzutage wildert doch niemand mehr aus Hunger, renne ich auch schon auf den gefangenen Hasen zu, überspringe dabei einen tiefen Graben, pirsche mich durch einen Hagebuttenstrauch, bleibe an den Dornen des Strauches hängen und verletze mich daran. Das Spinnenrad mitsamt den Tautropfen hängt und klebt mir im Gesicht, dieses sagenhafte Gebilde habe ich zerstört. Ich sehe in die Augen des gefangenen Opfers. Ich glaube, alles Leid darinnen spiegeln zu sehen.

Starr schauen mich diese Augen an. Ich taste mich ganz ruhig und nahe an ihn heran, und um ihn zu beruhigen, spreche ihm gut zu. Ich bekomme die Falle in den Griff. Der Hase schlägt um sich. Ein gutes Zeichen, denke ich. Ich konzentriere all meine Kräfte und drücke so fest ich kann die Bügel der Falle auseinander. Der Hase kommt frei. Ich hoffe so sehr, er wird auf- und davonspringen, aber nichts dergleichen geschieht. Er robbt nur ein kurzes Stück durchs Dornengestrüpp. Es ist kein Vorwärtskommen. Seine Läufe müssen gebrochen sein. Ich nehme mein Halstuch ab und verflechte die vier Enden zu einem Knoten. Es ist groß genug, um Meister Lampe darin zu verstauen. Sein Herz pocht, es rast.

Sein Blick ist starr. Unruhig schlägt der Hase um sich. Er zappelt in meinem Bündel. Ich spreche auf dem Nachhauseweg zu ihm. Würde er mich verstehen, dann würde er mir sicherlich antworten: „Ich finde es zwar wunderbar, daß Du mich zu trösten versuchst und vor allem aus der Falle befreit hast, damit ich dort nicht verenden muß, aber mit Hoppeln, Hüpfen und Springen ist es für immer vorbei! Warum machst Du mir Hoffnung?"

Ich erschrecke, weil ich mich dabei erwische, wie ich ganz laut ausspreche: „Hoffen kann und darf man immer! Nur die Hoffnung nicht aufgeben! Meister Lampe, ich werde dich gesundpflegen!"

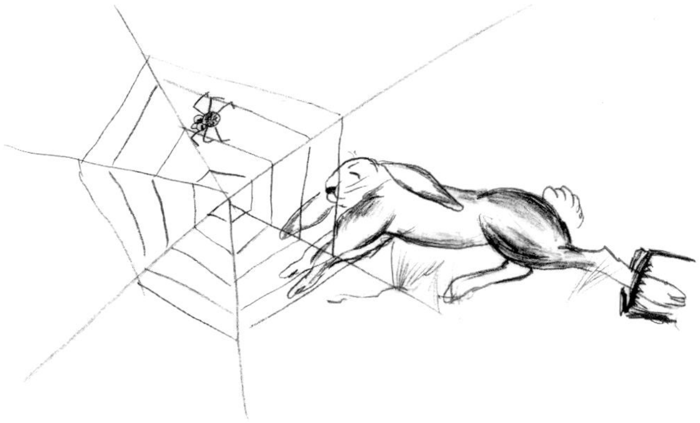

Die Kirchenmücke

Ich sitze auf einer Bank der ersten Empore in einer Kirche unserer Provinz. Es ist kalt, Sonntagabend, der Ewigkeitssonntag, der letzte Sonntag im Kirchenjahr. Zwei junge Studenten geben ein Konzert für Orgel und Posaune. Ich lausche einem Orgelkomponisten der französischen Romantik „Was Gott tut, das ist wohlgetan" von den Choralvariationen Alexandre Guilmants. Beim Allegro moderato versinke ich völlig. Der junge Organist zieht alle Register, der Kirchenraum scheint zu beben.

Es ist ein unbeschreiblich erbauendes Stück, zumal ich den Text des Liedes kenne. Mir gegenüber, fast auf gleicher Höhe, ist die Kanzel mit einem wunderschönen Aufbau. Das Parament trägt die Aufschrift: „Ich bin das Licht der Welt." Ich lese: „Ich", darunter steht „bin". Ich bin. Ich übertrage dieses „Ich bin" auf mich. Ja, ich freue mich geradezu. „Ich bin“ jubelt es in mir wie ein Chor, „noch bin ich“.

Ich werfe kurz einen Blick auf das Programm, welches auf der breiten Brüstung vor mir liegt, um zu sehen welche Passage die beiden jungen Musiker gerade spielen. Mit all meinen Sinnen lausche ich dem Konzert und sauge die Melodien in mich auf, wie ein trockner Schwamm das Wasser. Kerzenlicht und warmstrahlende Wandleuchten erfüllen den Kirchenraum und spenden die passende Atmosphäre. Ich blinzle abermals auf mein Programm und will die Augen schließen. Doch dann sehe ich auf meinem Blatt eine Fliege krabbeln, die meine Aufmerksamkeit erweckt. Durch das Licht von gegenüber, das sie umstrahlt, nehme ich ganz deutlich ihre dünnen Beinchen mit den Härchen wahr.

Die Mücke ist matt, klebrig, ihr Körper scheint müde, jedoch läuft sie ein paarmal ums Programmheft, als interessiere sie ebenfalls, was gerade gespielt wird. Ihre Beinchen tippeln geradewegs auf die Stelle zu, an der gerade die Posaune im Andante sostenuto zu vollster Klangschönheit aufblüht. Ich bin beglückt, beseelt. Die Kirche ist unbeheizt und wird auch im Winter nur am Sonntagmorgen beheizt sein, so daß das Kirchenmücklein frieren wird. Wieder sehe ich durch die Beinchen ins Licht und lese abermals: „Ich bin“. „Wir sind“ münze ich unter Einbeziehung des vor mir zögernd krabbelnden Mückleins. Die Mücke, die anderen Gäste und ich, wir dürfen sein. Ein herrliches Gefühl, „wir sind“ im Gotteshaus und dürfen dem Kon-

zert lauschen. Die Mücke dreht noch ein paarmal ihre Runden, dann läuft sie langsam an der Brüstung entlang. Ich sehe ihr noch lange nach, bis sie in der Dunkelheit verschwindet und überlege, ob dieses Konzert sie aus dem Winterschlaf riß, am Totensonntag in der Kirche.

Vorweihnachtszeit

Markt und Straßen steh'n verlassen, still erleuchtet jedes Haus . . ., lese, schmökere ich mich durch das Angebot einer Buchhandlung an der Straßenecke in einer naheliegenden Großstadt. Bücher gehören allemal auf den Gabentisch, anspruchsvolle, zeitgemäße, utopische Literatur ist ein wichtiger Bestandteil meiner ausgewählten Geschenke. Fast jedes Familienmitglied soll sein Buch, je nach Geschmack des Lesers, bekommen. So suche ich nun. Das Angebot ist groß.

Ich greife nach einem Buch, dessen Titel und Einband meine Aufmerksamkeit erregt. Es inspiriert mich zum Hineinschauen. Es ist kalt und ein vorweihnachtliches Gedränge um mich herum. Ich nehme das Buch mit ins Innere des Ladens und finde noch ein Plätzchen, um ungestört darin zu schmökern. Eine Weihnachtsgeschichte wird vor meinen Augen lebendig. Sie handelt vom Polarvolk, das von den gezähmten Rentieren alles Lebensnotwendige abgewinnt, seien es die Schaufeln, da beide Geschlechter dieses schaufelartige Geweih aufzuweisen haben, oder Milch, Fleisch, Pelz, selbst die Knochen werden verarbeitet. Um überleben zu können, ist es in den arktischen Gebieten an der Tagesordnung, daß die Eskimos – Leute von derbem,

halbmongoloidem Typus – Rentiere, Seehunde und Walrosse jagen und erlegen sowie Fische fangen müssen.

Und so trug es sich zu, daß am Heiligen Abend in einem Iglu ein Kind geboren wurde, und auch hier von der Weihnachtsgeschichte etwas kund wurde. . . . Es ist ein sehr sensibles Buch. Ich lege es zur Seite und suche weiter. Ich suche nach Kinderbüchern, der Markt ist voll davon. Ich lese: „Der Schneemann", er fühlt sich einsam des Nachts,

er bekommt kalte Füße und läuft in den Wald zu Rehen und Hasen, nachdem er vorher versuchte, ins Haus zu kommen. Er teilt seine Nase, die aus einer Mohrrübe besteht unter den Kaninchen. Mit seinen Knöpfen, den schwarzen Kohlen, schürt er ein Feuer . . . und siehe da, der Schneemann schmilzt dahin. Er hat sich für die Tiere im Wald geopfert, am „Heiligen Abend“.

Er hat seine Liebe gegeben für andere und was tun wir? Frieren wir? Hungern wir? Ich schließe das Buch, lege es ebenfalls zur Seite und verlasse betroffen den Laden, nehme das Geld, welches für Bücher bestimmt war, gehe zur nächsten Bank und überweise es für die hungernden Menschen nach Rußland.

Im Tierheim

„Leider kann ich Ihnen nichts zusagen, denn bei diesen Voraussetzungen wird auch meine Freundin viele Einwände haben! Es muß reiflich überlegt werden und durchdacht sein, sich ein Tier aus dem Heim zu holen. Schlafen Sie nochmal darüber und kommen Sie bitte morgen vorbei, ich bin heute sowieso nur aushilfsweise hier. Sie haben doch sicherlich viel Zeit!" entgegne ich dem Alten.

„Er hat ein so schönes, weiches Fell, Opa, du hast es mir versprochen", quengelt der Kleine dazwischen. „Ja, du hörst doch, daß wir morgen nochmals . . .". Der betagte Herr kann seinen Satz nicht zu Ende sprechen, der kleine Bengel fällt ihm immer wieder ins Wort. „Bitte, Opa, bitte, bitte, hast du mir einen Hund versprochen oder nicht?" „Ja, doch, Benjamin!" entgegnet der Alte erneut.

„Ich will Ihnen beiden nicht die Illusion rauben, einen Vierbeiner ins Haus oder in die Wohnung zu holen, aber muß es unbedingt ein Hund sein, der täglich seinen Aus-

lauf braucht?" richte ich meine Frage an die beiden. „Aber Bello ist ja soooo lieb!" flötet der Kleine in höchsten Tönen. Ich betreibe ein Aufgebot meiner Fabulierkunst, indem ich so schillernd, farbenprächtig und lebensnah dem Knäblein die Kleintiere darbiete. Mein erhoffter Erfolg bleibt aus. Starrköpfig und beharrlich versteift sich Benjamin auf Bello, den rotbraunen deutschen Schäferhund. Offenbar haben beide aneinander Gefallen gefunden, denn siehe da: Benjamin setzt sich auf den Rücken des Hundes, die Beine zieht er hoch, sodaß er völlig einen Reitersitz eingenommen hat. Er gibt uns zu verstehen, wie schön es sei, auf dem Hund zu reiten.

Eigentlich müßte ich den Kleinen ermahnen, von Bello Abstand zu nehmen. Aber mein Herz freut sich mit dem Bengel, seine Freude übersteigert meine Bedenken, dennoch zwinge ich mich dazu, Benjamin klar zu machen, daß ein Tier kein Spielzeug ist. „Ja, Benjamin", erhebe ich meine Stimme, „merke Dir, ein Tier ist kein Spielzeug, wenngleich es noch so possierlich aussieht, ganz gleich um welches Tier es sich auch handelt. Es ist ein Lebewesen, es bedarf deiner Fürsorge und Pflege, daher überlege dir gut, wieviel Freizeit du einem Tier opfern mußt. Du kannst es

auch nicht in eine Ecke stellen oder gar in den Schrank sperren und bei Bedarf wieder hervorholen! Benjamin kannst du das verstehen?“ ist meine Frage.

„Weißt du“, füge ich hinzu, „nach Weihnachten bringen die Erwachsenen Unmengen von Tieren in unser Tierasyl!“ Mit großen Augen starrt mich der Junge ungläubig an. „Aber warum denn?“ fragt er kleinlaut und verzagt. „Weißt du, alle Dinge im Leben verlieren heutzutage ganz schnell ihren Reiz und die Menschen wollen immer wieder Neues – und die Haustiere, welche sie ihren Kleinen schenken, die sie sich allerdings so sehnlichst wie auch du wünschten, werden einfach abgeschoben. Letztendlich versorgen die Eltern diese Tiere, damit sie nicht verhungern müssen.“ Benjamins Augen glänzen hell, er springt von Bello, kommt auf mich zu und gibt mir zu verstehen, daß er Bello so sehr liebe und ihn ganz bestimmt versorgen würde.

Da Großvater unseren Disput aufmerksam verfolgt, flicht er nun ein: „Benjamin, schauen wir uns hier mal um, was es alles an Tieren gibt, die gerne ein Zuhause hätten, und die wir auch gut versorgen können, die eben pflegeleichter sind als ein Hund.“ Ich nehme Benjamins Hand, und wir kommen am Katzenhaus vorbei. Er möchte ins Innere. Die Katzen lassen sich durch nichts beirren. Micki kommt wie immer auf mich zu, schmiegt sich an meine Beine und schnurrt behaglich. Blacky krallt sich an Benjamin fest, er brüllt: „Ihr blöden Katzen!“ Er zerrt an meiner Hand, um hier schleunigst herauszukommen.

„So, jetzt stelle ich dir unsere Elite, unsere Spitzentiere, unsere Auserwählten, vor“, gebe ich ihm begeistert zu verstehen, um ihn abzulenken, da er endgültig sein Interesse an den Kleintieren verloren zu haben scheint, noch bevor es überhaupt richtig geweckt wurde. Zögernd folgt er mir, sein Großvater tippelt hinterdrein, da er Schwierigkeiten beim Gehen hat. „Oh nein, Benjamin, ich erzähl dir Quatsch, es gibt kein Elite-Tier, alle Tiere haben auf ihre Weise einen besonderen Reiz, diesen muß jeder selbst herausfinden. Es ist auch gut und in Ordnung so. Eine Katze ist eben etwas eigenwillig, ein Hund gefügig, man könnte das fortsetzen. Aber nun komm, ich möchte Dir unsere Kleintiere alle vorstellen, die Hamster, Zwerghasen, Meerschweinchen und natürlich auch die Vögel!“ „Nein!“ brüllt Benjamin, „ich mag kein Federvieh, deine Vögel

kannst du selbst behalten. Ich mag keine Vögel sehen, die können überhaupt nichts als blöd zwitschern!" „Ja, was erwartest du denn alles von einem Tier? Wenn du glaubst, du könntest den Tieren deinen Willen aufzwingen, dann täuscht du dich, Benjamin!" Weiter spreche ich zu ihm: „Du mußt zusehen und beobachten können und manchmal auch ganz still sein und abwarten, du weißt ja selbst, auch in eine Familie gehören Ausdauer und Disziplin, Verständnis und Rücksichtsnahme!" Aus Benjamins Mund sprudelt es: „Ich habe nur den Opa, sonst niemanden".

Ich glaube augenblicklich, Benjamins Schmerz zu fühlen, seine ganze Verletzbarkeit und Einsamkeit, die er zu teilen sucht. Zu teilen mit einem Tier, dessen Wärme und Nähe er spüren kann, damit es Weihnachten etwas wärmer, etwas heller und freudiger für ihn werden kann. Benjamins Großvater steht schweigsam hinter ihm, seine Augen haben eine einzigartige Ausstrahlung, eine Faszination geht davon aus, so daß ich mich ungerne abwende.

Weisheit, Güte, Wärme strömen herüber aus diesen Augen, eine Lebendigkeit, die mich magisch anzieht, da ist mehr. Was muß ein Mensch alles erleben, um diese Reife, Ruhe, Gelassenheit so zu erreichen, wie dieser Alte hier, und dennoch muß ich ihm zu verstehen geben, seinen Wünschen nicht nachkommen zu können. Meine Stimme wird weich, so weich, daß ich mich erstmal kräftig räuspere. „Benjamin, wenn du möchtest, hole ich dich ab, so oft es uns beiden möglich ist, um hier im Tierheim bei Bello zu verweilen. Sag mal, was machst du an Weihnachten? Weißt du was“, füge ich hinzu, „wir gehen am „Heiligen Abend“ mit Bello ganz lange spazieren und warten bis das Christkind kommt, einverstanden Benjamin?“ „Willst du das wirklich für mich tun?“ fragt er, seine Augen leuchten. „Mit Bello, ja mit Bello, gerne – sehr gerne, aber Großvater kann doch nicht so gut laufen“, gibt Benjamin zu verstehen.

„Großvater werden wir einen steifen Grog oder einen Kaffee kochen und vielleicht kann Großvater dem Christkind als Weihnachtsmann zur Hand gehen. Aber jetzt mußt du mir noch deine Adresse geben, damit wir in Verbindung bleiben können!“ Ich verabschiede mich von den beiden, sichtlich erleichtert verlassen sie das Tierheim. Ich komme nicht umhin ihnen nachzuschauen, bis sie in der Dunkelheit verschwinden.

Weihnachten – Humanität!

Es reizt mich, es bedeutet für mich geradezu eine Herausforderung über die gefrorene Schneedecke zu laufen, da nur noch ganz wenig Harsch die Oberfläche meines Waldweges bedeckt. Es knirscht und kracht bei jedem neuen Schritt. Es klirrt, es bricht die Eisschicht, stellenweise ist es wiederum spiegelglatt, so daß ich mich wie ein Jongleur oder Seiltänzer auf der Eisfläche mit Axel an der Laufleine bewege. Axel genießt diesen Spaziergang auf seine Weise. Er stöbert Spuren auf, in jedes gebrochene Eisloch vor uns steckt er seine Nase und schnüffelt begierig. Er wittert viele, viele Spuren.

Er zerrt und zieht mich dabei voran. Er möchte sich losreißen. Es ist neblig, trüb, naßkalt. Kein Mensch weit und breit zu sehen, obwohl wir den ersten Weihnachtsfeiertag begehen. Ich gleite auf der glatten Eisfläche dahin. Aber meine Gedanken wandern zurück und verweilen bruchstückweise bei den geschriebenen Zeilen junger Schüler, der Klasse 11a eines Gymnasiums zum Thema Humanität – Weihnachten. Sie bleiben hängen und baumeln zwischen manch trostlosen Gefühlsausbrüchen der Schüler. Weihnachten: Gefühlsduselei, Scheinheiligkeit, zum Kotzen usw. beschreiben junge Menschen das Fest der Liebe.

Warum nicht gleiches Recht für alle? fragt ein Schüler. Ein anderer schreibt: „Menschlichkeit, Menschlichkeit, gibt es die noch in einer Welt voll Haß, Krieg, Unfrieden auf unserer Erde?“ Zerrissene, enttäuschte junge Menschen im Alter, ja wie alt ist man in der elften Klasse, überlege ich kurz. Humanität, spreche ich laut aus, zu Axel gewandt. Heute ist das Fest der Liebe, mich bewegen diese Worte, diese Trostlosigkeit. Weltuntergangsstimmung

will mich befallen. Ja, wie ist es unter den Tieren mit der Humanität, sofern man dieses Wort überhaupt dafür verwenden kann.

Am Futterhäuschen heute morgen bei der Fütterung der Vögel, welch ein Gekreisch! Welch ein Disput, sie hackten aufeinander ein. Rangordnung? Wo bleibt die Humanität unter den Tieren, oder der Menschen zu den Tieren? Ich ertappe mich bei der Frage: inwieweit erreicht Axel meine Humanität? – Axel, unser Hund, der an einer Leine hängt, und das Halsband an seinem Halse zerrt.

Es spukt in meinem Kopf herum, dabei fällt mir ein Gedicht ein, welches ich noch vor gar nicht so langer Zeit schrieb: „Ich habe Kopf, ich habe Herz und diese führen miteinander Krieg. Einmal der Kopf, einmal das Herze siegt!" Soll ich Axel frei umherlaufen lassen, obwohl ich weiß, daß er bei mir ausreißt und – anders als bei Herrchen – sicherlich eine Spur aufstöbert. Wäre es dann nicht grenzenlose Dummheit meinerseits.

Nein, bei aller Liebe, aller Humanität, mein Instinkt gibt mir zu verstehen, der Jagdhund bleibt an der Laufleine. Die Richtigkeit meines Entschlusses bestätigt sich augenblicklich, denn ein Sprung Rehe überquert unseren Weg. Genauso augenblicklich, geistesgegenwärtig muß ich ruckartig die Leine fest an mich reißen, um nicht zu fallen. Ich gleite auf der Eisfläche aus, ich rutsche, meine Füße verlieren den Halt. Axels Läufe gleiten ebenso, unter unseren Füßen taucht Waldboden auf.

Welch ein Glück! Ich ermahne Axel mit gewaltigen Schimpfworten, Ruhe zu geben. „Die Rehe haben dich heute nicht zu interessieren“, schelte ich ihn. Gleichzeitig sage ich zu mir: Sei human zu Axel, indem du seinen Jagdtrieb akzeptierst. Axels Gehorsam mir gegenüber ist unzuverlässig, dafür ist unsere Zuneigung fast grenzenlos.

Reiter galoppieren vorüber. Axel nimmt von ihnen keine Notiz, die großen Pferde lassen ihn kalt. Wir kehren zurück und verlassen den Wald.

Am Waldrand treffen wir erneut die sicherlich vorher von uns aufgescheuchten Rehe. Ich ermahne Axel abermals, seine Aufmerksamkeit an den Rehen zu unterbinden. Sei auch du human zu den Tieren. Starr, beweglos, friedvoll verharren die Rehe am Waldrand. – Das Fest der Liebe. Weihnachten unter den Tieren. Friede auf Erden

unter den Tieren, dies wäre traumhaft. Sollte sich unsere Liebe im Hinblick auf die Würde der Tiere nicht verschmelzen?

Immer noch stehen die Tiere in Reih und Glied bewegungslos, auch ein herannahendes Polizeiauto schreckt sie nicht auf, welches um das Waldgrundstück fährt. „Wir suchen einen Landstreicher“, geben mir die Beamten zu verstehen, „der sich möglicherweise hier aufhalten soll“, fügen sie hinzu. Mit großen, erschrockenen Augen muß ich die Beamten angestarrt haben, denn ihre Reaktion war treffend: „Es ist nur ein harmloser Bettler, ein Ausbrecher aus unserer Gesellschaftsordnung, oh nein, kein Strafgefangener!“ „Weshalb sind Sie dann hinter ihm her?“ richte ich meine Frage an die beiden Gesetzesvertreter.

„Er hat Eßbares und sonstige Genußmittel entwendet. Wir müssen der Sache nachgehen!“ Heute an Weihnachten hungert und friert ein Mensch im naheliegenden Wald. Die Würde des Menschen ist sehr in Frage gestellt – unantastbar sollte sie sein – human.

„Sind Sie human, wenn Sie den Bettler finden? Nicht nur heute an Weihnachten, dem Fest der Liebe?“, wende ich mich an die beiden. „Das sind wir bereits, wir haben keine Hunde eingesetzt, um ihn nicht zu hetzen!“

Es ist immer noch naßkalt, neblig, trüb. – Weltuntergangsstimmung legt sich nun völlig auf mein Gemüt. Ich laufe mit Axel schneller als sonst. Wir umgehen die Eisflächen. Meine Lieben im vertrauten Heim erwarten uns bereits, draußen im Wald erwartet ein Landstreicher „Humanität“! Ich wünsche sehnlichst, daß es diese noch gibt und ihm zuteil wird, heute, nicht nur heute an Weihnachten.

Neuschnee

Es fällt Schnee auf unsere Erde, die ach so geschunden, traurig, trist, ausgelaugt vom langen Regen, mir erscheint. Das Blattwerk liegt dunkelgrau bis schwarz, vereinzelt oder auch zu Häufchen vom Winde zusammengetragen, noch am Rinnstein. Neuschnee bedeckt wie Zuckerwatte unsere Felder und Fluren, Bäume, Sträucher, die Gräser sind völlig eingehüllt, ummantelt. Schnee, weißer Pulverschnee verdeckt auch den letzten Rest der braunen Erde. Weiß, schneeweiß strahlt unser Planet Erde, der Himmel graublau. Herrlich, sauber und rein, so kristallrein, wie die Glöckchen an meinem Pferdeschlitten erklingen, der mich zur Christmette bringen wird. Es ist ein weiter Weg dorthin. Meine Gedanken hängen irgendwo und doch im Nirgendwo.

Ich lasse mich tragen, treiben, fahren. Ich ziehe meinen Schal enger um den Hals, die Mütze drücke ich fester auf die Stirn und räkle mich wohlig unter meiner warmen Felldecke. Es ist nicht kalt, ich friere nicht. Wir ziehen an einem Tannenwald vorbei, vorbei an schroffem Felsengestein, welches noch kahl, fast nackt, frierend mich schier anstarrt. Traurig liegt es da, und ich wünsche, daß auch hier der leise, sanft-sacht fallende Schnee dem Gestein ein Krönchen aufsetzen möge.

Es braucht eben seine Zeit, logischerweise, je größer das Volumen, um so mehr Aufwand an Materialien. Meine Rappen legen leichten Trab zu. Ihre Körper reiben eng aneinander. Aus ihren Nüstern dampft der Atem. Ihre Hufe schlagen weich in den Neuschnee. Es ist ein Gleiten, sanft läuft mein Schlitten hinter den Tieren. Ich halte die Zügel locker, die Pferde kennen den Weg. Wenngleich der Neuschnee die Schlaglöcher, die meinen Weg säumen, noch nicht ebnet, gleiten die Kufen flott darüber hinweg. Wir fahren durch eine Landschaft, die mir heute verzaubert er-

scheint. Vorbei an einem Sprung Rehe, der an einer Hecke verweilt und mir vertraut nachschaut. Hie und da hoppelt ein Feldhase. Er schlägt Haken, munter, vergnügt zieht er seine Bahn, in richtig langgezogenen Schleifen.

Ich lasse mich verzaubern und – wie gesagt – das Gebimmel der Glöckchen tut sein übriges dazu. Auch kommen Wünsche in mir auf: Hättest du doch deinen Photo mitgenommen, denn die herrlichsten Motive tun sich vor mir auf, es wären sicherlich wunderbare Bilder zustandegekommen für die nächsten Weihnachtskarten, sofern ich überhaupt welche schreiben werde.

Im wahrsten Sinne des Wortes lasse ich mich verzaubern und ich nehme diesen Wintereinbruch in mich auf und fühle mich als Teil der Natur, denn auch mein Bild, meine Erscheinung bewirkt auf die Umwelt sicherlich eine Ausstrahlung, die in meine Heimat paßt, vielleicht zum wichtigen Bestandteil gehört. Ja, sicherlich, als Heger und Pfleger des Wildbestandes bin ich hier nicht mehr wegzudenken. Die Futterstellen der Wildtiere sind gut bestückt, so daß der Frost und somit der Winter Einzug halten kann.

Mein Gemüt, welches so heiter die Fahrt antrat, verdunkelt sich mehr und mehr, obwohl der Himmel mir freund-

lich gesinnt ist und die Sonne heiter und freundlich immer wieder aus ihrer Wolkendecke bricht und mir ab und zu zublinzelt.

Die Legende vom Hl. Hubertus läuft vor meinem geistigen Auge ab. Der Schnee glitzert und flackert, so daß mir zuweilen die Augen schmerzen. Der Schnee blendet mich, da ich Sonnenbrillen hasse, nicht allein wegen der mystisch-geheimnisvollen Wirkung mancher Träger, sondern allgemein, also kneife ich nun meine Augen zu und wende meine Gedanken auf das Geschehen im Hinblick nach Bethlehem. Es ist noch kein Stern am Himmel zu sehen, jedoch was sehe ich da im neugefallenen Schnee? Spuren, viele ungeordnete Spuren. Spuren eines Kampfes, links und rechts des Weges.

Tierspuren, diese lassen mich nichts Gutes ahnen. Ich reiße die Zügel fest an mich und ermuntere meine Pferde, im Schritt zu gehen. Wir bewegen uns auf einem ebenen, geraden Weg, auf einer Bodenerhebung, der Blick reicht weit über die vor mir ausgebreiteten Hügel. Ich schaue um mich, halte die Pferde an, stelle mich auf meine Sitzfläche im Schlitten. Ich stehe aufrecht und schaue erneut um mich. Der Schnee blendet, jedoch im Augenwinkel erspähe ich in unmittelbarer Nähe in einem zugeschneiten Feld ein braunes Bündel. Beim genauen Hinsehen glaube ich, ein Reh zu erkennen.

Ich springe vom Schlitten, die Pferde trampeln unruhig, scharren und wiehern: „Ihr bleibt hier stehen!“ raunze ich meine treuen Vierbeiner an, als ob sie mich jemals schon im Stich gelassen hätten. „Na gut, es ist ja nicht so gemeint“, immer noch brüllend bringe ich ihnen auf diese Weise meine Entschuldigung für mein barsches Verhalten entgegen. Verständnisvoll starren mir die beiden Rappen nach, ich glaube, ihr ganzes Verständnis in diesem Blick zu spüren. Jetzt gehe ich den Feldrain entlang, um zu dem braunen Tier zu gelangen. Meine Füße versinken im Acker. Unter dem Neuschnee ist die Erde aufgeweicht, matschig. Meine Stiefel versinken tief im Morast. Ich zerre erst den rechten, dann den linken Fuß aus dem glitschigen, schmierigen Boden, um erneut wieder zu versinken. Ich halte inne und lausche. Ich vernehme eigenartige Töne, wie leichtes Wimmern hört es sich an.

Die Pferde werden unruhig, sie stampfen mit den Läufen, plustern und schnauben. In einer tiefen Ackerfurche kann ich ein liegendes Reh erkennen. Es hebt sein Haupt, da es anscheinend meine aufgeregten Wortfetzen vernahm. Ich muß unbedingt dorthin gelangen, um zu sehen ... Hätte ich doch meine Flinte bei mir, schießt es mir durch den Kopf, aber am Heiligen Abend, auf dem Weg zur Kirche, hält man doch Abstand von der Pirsch. Verzweiflung, ohnmächtige Wut überkommt mich.

Ein Messer, ja ein Messer, was nützt mir ein Messer, wenn ich unfähig bin, ranzukommen, Hilfe zu leisten, ganz gleich wie. Ich muß passen. Ich versuche, meine Stiefel aus dem Dreck zu ziehen. Plupp raus, plupp rein, rechts und links, die Mutter Erde hat mich wieder und wieder und hält mich fest. Unverrichteter Dinge komme ich an den Wegrain zurück, verdreckt und entmutigt. Es fällt Neuschnee. Ich bücke mich danach, forme Schneebälle und werfe wie ein Besessener nach dem zusammengekrümmten Tier, abermals erhebt es sein Haupt, – es lebt. Ich laufe zurück zu meinem Schlitten, zu meinen Pferden, wiehernd begrüßen sie mich. Ich klopfe meine Felldecke und schüttle den Schnee ab, setze mich in den Schlitten, fahre bis zur nächsten Wegkreuzung, um dort mein Gespann zu wenden, da es keine andere Möglichkeit zum Wenden gibt, und fahre zurück.

Lade Bretter und Steine auf meinen Schlitten, nehme meinen Hund zu mir auf den vorderen Sitz, wenngleich ich ihm diese Prozedur ersparen will, aber seine Freude über mein Kommen ist grenzenlos und ich kann seinem Drängen nicht widerstehen. Abermals begebe ich mich durch den Neuschnee am Heiligen Abend zu der Stelle, an der sich vermutlich ein gerissenes Reh aufs Feld schleppte. Die weiße Pracht des Schnees hat mir jegliche Illusion geraubt. Ich spüre immer noch die Erde darunter.

Glitzer, Glanz und Gloria habe ich an diesem Tag aus meinem Leben verbannt. Aber Weihnachten habe ich gefeiert, anders, – ja, ganz anders.

Rüpel

Zweifelnd wiegt er seinen Kopf von der einen auf die andere Seite, brummt ein paar Worte in seinen graumelierten Bart, als versenke er all seine Sorgen und Probleme darin. Sein Blick irrt nochmals skeptisch zu seinen Füßen, zur aufgegangenen Saat, streift über die Weite des Feldes, bleibt jedoch in der Ferne hängen, als suche er nach etwas Unbestimmtem. Seine Lippen öffnen sich entschlossen und murmeln zu sich selbst: „Morgen müssen wir wohl oder übel unsere Giftmaschinen" – so nennt er seine modernen Spritzgeräte – „in Bewegung setzen, ansonsten können wir die Zuckerrübenernte vergessen!" Wieder und wieder schweifen seine Augen über die Felder und Fluren hinüber und bleiben im Moorgebiet des angrenzenden Waldes hängen.

Er nimmt sein Fernglas und setzt es vor die Augen: „Verdammt noch mal, Rüpel, der Sauhund suhlt sich schon wieder im Morast, wenngleich es seinen kranken Knochen zugute kommt! Was hat der Kerl nur dort zu suchen?" Siegfried setzt seinen Fuß in den Steigbügel und sitzt auch schon auf. Sein aufrechter Sitz spiegelt eine einzigartige Ausstrahlung wider, trotz seiner betagten Jahre, eine Harmonie, ein Einklang zwischen Reiter und Pferd. Er gibt seinem Pferd die Sporen: „Los, Arthur!" Arthur – ein rassiger, argentinischer Hengst, für die Ansprüche eines Gutshofes eigentlich zu kostbar, da man an dieses Pferd weit höhere Ansprüche stellen könnte – setzt sich sofort in Bewegung. Aus leichtem Trab geht er in Galopp über und fliegt leichtfüßig mit seinem Herrn über die Fluren.

Siegfried folgt einem inneren Zwang, um das Rätsel zu entschlüsseln und reitet auf das Sumpfgebiet zu. Sein Blick ist starr, ausgerichtet nach Rüpel. Rüpel, dem das Gnadenbrot auf diesem Gutshof zuteil wird, der es auch verdient

hat, ohne jegliche fremdbestimmte Einwirkung dort ruhig und friedlich zu sterben.

Siegfrieds Haltung, forsch, unbeugsam, furchtlos, erinnert an den Drachentöter, nur sein Gesicht ist knorrig und alt, geprägt von Wind und Wetter. Seine Haut, wie gegerbtes Leder, ähnelt einem ächzenden Baum, der – gebeutelt, geschüttelt – all die Jahre alle Höhen und Tiefen durchlebt hat. Seine Augen, scharf und klar, durchsuchen das nachtschwarze Moor. Er springt von seinem Pferd, aufrecht steht er am Steig zum Moor.

Die Bohlen und Bretter sind niedergerissen. Siegfried hatte seinen Bediensteten befohlen, einen Drahtzaun um das gesamte Sumpfgebiet zu ziehen. Er ärgert sich, daß dergleichen nichts geschah, sie seinen Befehl nicht ausführten. Seine Augen suchen Rüpel, sein Blick weitet sich über das Hochmoor und darüber hinaus. Er nimmt im Schlick

ein paar Ringe, ein paar Blasen und darüber tanzende Mücken wahr, dies alles reflektiert, was im Inneren vorgegangen zu sein scheint. Seine Pupillen verengen sich, seine Augen glänzen feucht. Über seine Lederhaut, auf seinen Bart zu, rinnen Tränen. Breitbeinig mit gesenktem Haupt steht er da, nimmt seinen Hut vom Kopf. Seine Lippen formen Worte, die er in seine Barthaare murmelt: „Rüpel, das war's wohl! Warum nur gingst du ins Moor?"

Der Brief

Lieber Peter, zuerst ist der Gedanke, dann entsteht der Brief, das Bild, das Kunstwerk, das Bauwerk. Ich könnte meine Ausführungen fortsetzen. Aber meine Gedanken bleiben hängen beim Brief, welchen ich Dir gedanklich schon lange schrieb. Es ist nur noch eine Frage der Zeit, ihn auf's Papier zu bringen, eigentlich zu übertragen.

Ja, mein lieber Freund, wie Du siehst, geschieht es gerade jetzt. Vielleicht fragst Du, wozu die ganze Einleitung. Ein Brief, eine kurze Mitteilung in ein paar Sätzen, und die Sache hat sich.

Ich weiß, wie sehr Du ein paar Zeilen von mir schätzt und wie sehr Du es liebst, nicht irgendeinen Brief zu erhalten. Ich meine, was den Inhalt betrifft. Jedoch wird Deine Freude über meine Worte nicht triumphieren können, denn was ich Dir zu übermitteln habe, wird Dich hart treffen.

Aha, deshalb diese ungewöhnliche Einleitung. – Ja, es ist leider so! Setz Dich erst mal auf einen bequemen Stuhl, falls Dir einer zur Verfügung steht, wenn nicht, setze Dich in den heißen Wüstensand. Ich weiß ganz genau, Du ahnst es. Ich brauche meine Bemühungen nicht weiter fortzuführen. Ja, lieber Peter, das Unvorhersehbare ist eingetroffen. Sei nicht traurig! Ich war es lange genug, bevor ich mich überwinden konnte, ins „Jetzt" des Briefeschreibens zu verfallen. Aber nun zur eigentlichen Sache, obwohl vielleicht alles schon hiermit gesagt wäre.

Lieber Peter, Dein Hund Putzi ist tot! Er ist entschlafen, auf ganz natürliche Weise. Er hat die Hürde überwunden. Am Abend vertilgte er wie immer sein Betthupferl, ein Riesenstück Salami, seine Henkersmahlzeit.

Morgens lag er leblos in seinem Körbchen. Hatte er nicht ein schönes und langes Leben? Du hattest mir Deinen Vierbeiner anvertraut, weil Du Dir meiner Fürsorge und Pflege bewußt warst. Er ist tot, heimgegangen in die ewigen Jagdgründe. Die Liebe zu Deinem Hund verband uns all die Jahre. Ich danke Dir für Dein Vertrauen, welches Du mir entgegenbrachtest.

Ich hoffe, daß Du mit Deinen seismologischen Forschungen Erfolg hast und es in Zukunft weniger Erdbebenopfer geben wird. Ich zähle die Tage, die Wochen, bis Deine Studienzeit abgelaufen ist. Lebe wohl und grüße den heißen Wüstensand von mir. Meine Gedanken eilen zu Dir, lieber Peter, gerade jetzt, augenblicklich, bin ich ganz bei Dir.

In Freundschaft Dein Alexander

PS: Mein Auge hat übrigens das ganze Farben-Spektrum des Regenbogens durchzogen, als ich am Laternenpfahl hängenblieb. Selbst Putzi führte mich nicht daran vorbei. Ich schrieb Dir darüber. Erinnerst Du Dich?

Mäxlein

Unser Freund Luitpold arbeitet gerne mit Holz. Alles, was Holz anbelangt, reizt ihn. Holz ist sein Lebenselement. Er kann es auch meisterhaft verarbeiten, obwohl er Akademiker ist. Luitpold schreinert Boote jeglicher Art, Treppengeländer, Tische, Stühle usw. . . .

Es ist anzunehmen, daß er in seinem ersten Leben ein Holzwurm war.

Es ist Sommer, ein großer Terrassentisch muß her. Für Luitpold ist dies kein Problem. Er hobelt eine Tischplatte, rundet die Ecken und macht ein Provisorium von Untergestell dazu. Allerdings mit Kanten und deshalb nicht gerade zur Freude der Familie. Es mußte schnell gehen und dies bot sich eben gerade so an. Aber gerade in diesen Kanten lag ein gewisser Reiz, und außerdem würden sich diese Ecken im Laufe der Zeit auf ganz natürliche Weise abrunden. Gerne würde ich eine Rätselaufgabe stellen und fragen: „Wie kann so etwas zustandekommen?"

Nun gut! Wie in jeder Familie, die noch Freude an Flora und Fauna hat, gibt es auch hier einen kleinen Hund, einen ganz lieben. Naja, die Kleinen sind ja immer lieb.

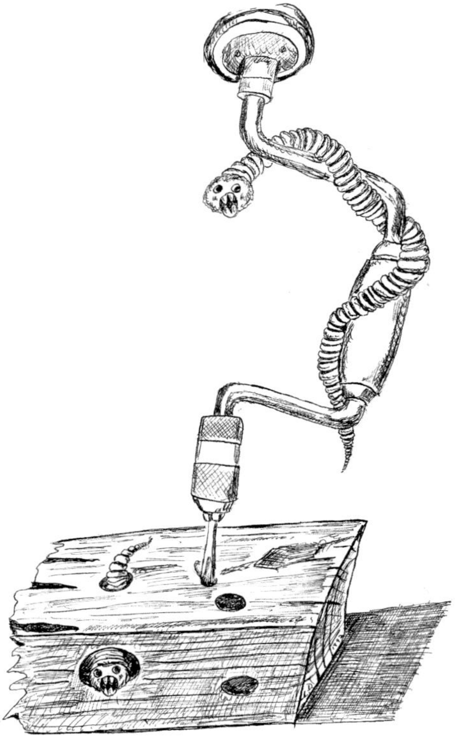

Ja, was hat dies alles mit dem Terrassentisch zu tun? Sehr viel, so glaube ich, denn dieser Bengel namens Max ist zwar artig, aber stets, wenn die Familie beim Essen sitzt, frißt er ein Stück von den Tischbeinen ab. Er nagt genüßlich und denkt sich dabei wohl: „Was die da oben tun, kann ich genauso gut hier unten machen!“ Er nagt und nagt, die Kanten haben sich problemlos gerundet.

Aber was würde sein, wenn Mäxlein ein Tischbein ums andere gänzlich auffressen würde? Ja, natürlich ergänzt der große Holzwurm das Provisorium und der Rest der Familie ist sicherlich froh.

Griechenland

Gedankenverloren streiche ich über die Knöpfe meiner curryfarbenen Jacke. Schwarzer Knopf, gelber Knopf. Es wiederholt sich etliche Male.

Ich freue mich, beide verlorengegangenen Knöpfe von jeder Farbe wieder gefunden und natürlich auch angenäht zu haben. Diese suchten auf ihre Weise das Weite. Suchen Sie mal einen Knopf, von zweien ganz zu schweigen. Ich zähle: „Ja, nein“ usw. Ich beginne immer mit ja. Mein Zählen endet dieses Mal mit nein. Gut so, denke ich, demnach wird Axel keine größeren Schäden anrichten. Er wird den Anvertrauten Gehorsam leisten und sie mit Freude erfüllen.

Hoch über den Wolken glaube ich schwerelos zu sein, zu schweben. „Unter uns die Stadt Sarajewo“, spricht soeben der Flugkapitän ins Mikrofon und ich schlucke, schlucke die letzten Brotkrumen des Frühstücks, welches wir soeben zu uns nahmen. – Schlucke, wie unser Hund Axel, als ich ihn zum Abschied an mich drückte. Ich sprach ihm viele eindringliche Worte ins Ohr. Er verstand mich. Er wußte, daß er nicht mitkommen konnte.

So schlucke ich nun und kämpfe mit den Tränen. Die Motorengeräusche dröhnen, es ruckelt. Ich nippe in kleinen Zügen, fast schlürfend, meinen Kaffee hinunter. So hoffe ich, gleichzeitig auch die Gedanken an das Zuhause runterzuspülen. Ich fliege der Sonne entgegen. Acht Tage Urlaub in Griechenland. Nur noch einmal schweifen meine Gedanken zu den zurückgelassenen Lieben, zu meiner Mutter, zu meinen Kindern und zu Axel.

Die Wolkendecke reißt auf. Berge, Berge mit Schnee und Straßen kann ich erspähen. Wolkenfetzen fliegen vorüber und schon ist auch alles wieder dicht. Dann ein Mosaik aus Feldern, Städten, Orten. Endlose Straßen führen bis zum Horizont.

Nun blaues Wasser mit Landzungen, bizarr strecken sie sich ins Meer. Ich kann den Olymp sehen und somit steht uns in Kürze die Landung in Athen bevor.

Athen unter mir. Wir setzen zur Landung an. Es ist fünf Minuten vor elf Uhr. Nachdem ich meinen Koffer vom Band nahm, fahre ich mit dem Bus zu meinem Hotel

„Athen Gate“. Es liegt an der Hauptstraße, unterhalb der Akropolis. Ohrenbetäubender Lärm kommt mir entgegen. Die Autos rasen durch die Stadt. Im Foyer unseres Hotels reichen uns nette Kellner frischgepreßten Orangensaft und Ouzo sowie pikante Häppchen. Röllchen mit Fischpaste in Mürbteig gehüllt, Schinkenröllchen und noch vielerlei leckeres Gebäck. Emsig, fast in Eile, reichen sie beflissen die riesigen Platten.

Immer wieder soll ich zugreifen, obwohl das Mittagsmahl im Restaurant anschließend serviert wird. Es gibt kalten Fischsalat, herrlichen, frischen Salat, Putenschnitzel, Krokettenbällchen und Pudding.

Saftiges Weißbrot, meist mit Butter, gibt es immer und überall, zu jedem Essen wird es gereicht, sowie Wasser mit Eiswürfeln.

Jetzt werden wir acht volle Tage geführt und mit allem Wissenswerten über Griechenland vollgestopft. Es läuft ein volles Programm ab. In den Bus rein, raus. Koffer rein, raus. Wir sind eine geduldige „Masse“, wir lassen fast alles über uns ergehen, denn unsere Neugierde muß ja gestillt werden. So lauschen wir unserer Reiseleiterin, die es versteht, uns über die Mythologie, das Mysterium, über den Baustil, Wirtschaft, die Natur, eben über alles Interessante, eine sachliche Erklärung abzugeben. Nun werden wir von einem Heiligtum zum anderen geschleust.

Wir schlendern durch die Plaka, über den Fisch- bzw. Fleisch- und Gemüsemarkt. Unweit davon sehe ich alte Männer stehen, die ihre Arbeitskraft als Maler und Tapezierer anbieten. Das entsprechende Werkzeug halten sie in der Hand, um die Aufmerksamkeit der Vorüberschreitenden auf sich zu lenken. Ich stehe da und schaue um mich. Mein Blick wandert abwärts zu einer zurückliegenden

Ausgrabungsstätte. Es ist eine nicht allzu tiefe Grube, bestehend aus Steinen und Sand – Überreste alter Tempel griechischer Götter.

Doch was sehe ich da in dieser Grube in der Ferne? Tiere, Löwen ähnlich, das Fell schimmert mattgelb in der morgendlichen Sonne. Es sind Hunde, gelbe, verwilderte, verwahrloste Hunde. Einige dieser Tiere bewegen sich träge, schläfrig, schleppend. Ich stehe und starre auf die ausgemergelten Leiber dieser Tiere. Es packt mich Entsetzen. Diese Hunde ziehen mich in einen Bann unsäglichen Mitgefühls.

Ich eile zurück zum Fleischmarkt, von einer Idee besessen. Ich kaufe ein halbes Lamm, lege es über meine Schultern und eile wieder zurück, vorbei an den Handwerkern. Ich komme mir bei dieser Aktion wie ein flüchtender Räuber vor, nur auf seine Beute bedacht, denn die starren

Blicke der Männer verfolgen mich und geben mir zu verstehen: „Gib uns doch ein Stück Lamm ab."

Ich eile auf das Lager der Hunde zu. Inwieweit es für mich gefährlich sein könnte, habe ich völlig ausgeschlossen und ziehe es erst gar nicht in Erwägung. Mein Mitleid ist stärker als die Angst, daß mich einer der Hunde beim Füttern anfallen könnte. Ich eile, ich glaube zu fliegen, nur weg von hier. Ich stolpere über herumliegende Steine. In der Hast straucheln meine Füße. Ich sage: „Hoppla, noch mal gut gegangen!" Ich kann das Gewicht auf meinem Rücken noch rechtzeitig ausbalancieren, um nicht zu fallen. Nun pirsche ich mich ganz langsam an, um die noch schlafenden Tiere nicht zu früh auf mich aufmerksam zu machen. Jedoch halte ich plötzlich inne.

Was für ein Irrtum, die Tiere in der Grube schlafen nicht, ein Kopf nach dem anderen reckt sich in die Höhe. Mir ist, als säße ich im Zirkus, Kommandos, schon stehen sie auf, ein Hund nach dem andern. Ich werde von entsetzlicher Angst gepackt. Panikartig schaue ich mich um. Ich glaube dieser Situation nicht mehr gewachsen zu sein.

Haßerfüllt rufen mir die Männer von der Straße aus Worte zu, die ich nicht verstehen kann. Ich glaube im Erdboden zu versinken, butterweiche Knie zu haben. Gefühlsmäßig will ich dieses Lamm fallen lassen, den Gedanken noch nicht ausgelebt, geschieht das Weitere ohne mein Zutun. Aus den aufmerksamen Hunden, die ihre Beute wittern, werden wilde Bestien, die mir das Schaf vom Rükken reißen und es zerfleischen. Meine Schultern werden leicht, so leicht, daß ich ein paarmal heftig atme, als sei eine große Last von mir abgefallen. Nochmals ein tiefer Seufzer! Ich sehe die wilde Horde in der Höhle verschwinden. Erst jetzt wird mir klar, in welcher Gefahr ich mich befunden habe.

Ich bin dankbar und könnte vor Freude jubeln. Wie komme ich aber an den ebenfalls hungrigen Männern vorbei? Ich weiß nicht, wie lange ich so dastehe und verharre.

„Willst Du in Athen bleiben? Unser Bus fährt um elf Uhr weiter zum Kanal von Korinth!“ Erschreckt streiche ich über meine Stirne, sie ist kalt und naß. Meine Hände sind feucht und ebenfalls kalt. Nun erwache ich aus meinem Tagtraum gänzlich. Die ausgemergelten Tiere treiben mir Tränen in die Augen. Ich schniefe. Lächelnd murmelt der alte Handwerker ein paar Worte, die für mich unverständlich sind. Ich lächle verlegen zurück und komme nicht umhin, ihn an meine Wangen zu drücken und krame in meiner Tasche nach ein paar Drachmen.

Wir reisen nun weiter. Auf der Insel Hydra lese ich streunende Katzen auf, die am Kai Fischen auflauern. Könnte ich meiner Neigung freien Lauf lassen, meinen ureigenen Bedürfnissen nachgehen, würde ich stolze Besitzerin eines Tierasylheims sein. Sämtliche Tierarten würde ich auflesen und diesen nicht nur Unterkunft und Verpflegung gewähren, es würde sich das größte Tierherz aller Zeiten öffnen. Einen Esel würde ich mir zumindest von Priestern kapern, die sowieso viel zu schnell durch die engen Gassen galoppieren und so mit den Jugendlichen auf ihren Mofas konkurrieren.

Spetzes, Olympia, Delphi, – Athen, wieder Rückflug.

Ich reiße die Blätter meines Gedichts für unsere Reiseleiterin aus meinem Notizblock und übergebe ihr dieses, indem ich zu verstehen gebe: „In Orangen-, Olivenhainen und unter Zypressen möchte ich die Zeit vergessen, mein Orakel gibt mir zu verstehn, Griechenland, einst werde ich dich wiedersehn." Ich hoffe und wünsche dieses Land mit all seiner Schönheit und Mystik noch einmal zu sehen – zu sehen ist zu wenig, zu erleben.

Ich schaue zurück, müde, mit viel Wissen und erfüllt von der Schönheit dieses Landes. – Beschauliches blieb auf der Strecke.

Ich atme tief durch. Mein Kopf fällt schräg zur Seite. Ich höre einen alten Hirten auf einer Flöte griechische Weisen spielen, erst ganz zart, dann immer eindringlicher. Zwischendurch summt er eine wundersam monotone Melodie. Es hört sich an wie das Ächzen eines alten Baumes im Sturmwind. Der Rücken des Alten ist gekrümmt, als sei er mit den uralten Olivenbäumen eins. Es liegt ein Schmelz in der Szenerie. Seine Haltung drückt Freude und Zufriedenheit aus, als erwarte er noch viele gute Tage in seinem Leben.

Es gelingt mir, diese Haltung auf meinem Aquarellblock festzuhalten, auszudrücken. Dahinter das Mohnfeld mit den wippenden, sich neigenden und wieder zur Sonne hinstreckenden Blütenköpfen. So sitze ich nun still bei dem gelben Ginster, der sein intensiv strahlendes goldenes Band über das ganze Land legt. „Gut gelungen“, stelle ich

mit Genugtuung fest, aber die Farbe dieser Schafherde will und will mir nicht gelingen. „Oder?“ frage ich mich.

Ich trage wieder Farbe ab. Stehe auf und leere mein verschmutztes Wasserglas. Laufe ein paar Schritte zum quirligen Bächlein und fülle das Glas mit frischem Wasser. Ich eile zurück, vielleicht etwas zu hastig, denn die Idylle ist zerstört. Die Herde stiebt auseinander und siehe da, dieser schwarze Bock und ein weiteres Schaf bearbeiten meinen Aquarellblock. Sie lecken, nagen, zupfen mit ihren schrägen, schiefen Zähnen. Ich erhebe meine Hand zum Schlag, halte inne und lasse sie auch sofort wieder fallen. Ich

schreie: „Ihr frechen Schafböcke, haut ab. Ihr habt hier nichts verloren!“ Wutschnaubend erhebt der Schwarze sein Haupt und fordert mich heraus, es mit ihm aufzunehmen. Ja, so stehe ich nun da. Ich unterdrücke meine Angst und harre der Dinge, die da kommen werden. Ich wende mich etwas schräg zur Seite ab, ohne mein Gegenüber aus dem Auge zu lassen, halte gleichzeitig Ausschau nach einem Stock oder irgendeinem Gegenstand, welcher mir nützlich sein kann. Der Schafbock verharrt in seiner starren Haltung, keine Regung. Ich weiß nicht, wie lange dieses Schauspiel andauert. Unterdrückte Angst macht sich bei mir breit, nimmt Besitz von mir. Verlassen, alleine stehe ich unter dem Olivenbaum im Hain, der mir bis dahin so friedvoll und altehrwürdig erschien.

Was mochte den Wildgewordenen so erzürnt haben?

Mein Herz pocht mir bis zum Hals. Ich wage kaum zu atmen. Ich sage: „Ich bin ganz ruhig, ich bin ruhig!“ Eine innere Stimme gibt mir zu verstehen: „nur einen kleinen Schritt nach links“. Der Schwarze nimmt Anlauf, setzt zum Sprung an und versucht, mit all seiner Wucht auf mich einzustoßen. Ich aber drehe mich blitzschnell zur Seite, so daß seine Hörner auf die morsche Rinde des Baumes schlagen.

Wutschäumend und schnaubend bäumt er sich noch ein paarmal mit den Vorderläufen auf und zieht entmutigt, beleidigt von dannen, während mir das andere Schaf ganz nahe kommt. „Ich glaube, du möchtest dich entschuldigen für das flegelhafte Verhalten deines Bruders“, sage ich, immer noch etwas ängstlich. Nur allmählich lösen sich meine Glieder aus der Starre, auch meine Lippen formen wieder Sätze. „Du kleiner Schnuck“, sage ich, „willst du mich etwas trösten?“ Er rupft am Ärmel meiner curryfarbenen

Jacke. Ich krame in der Tasche nach etwas Eßbarem. „Oh, nein!“ Er beißt mir einen schwarzen Knopf ab. „Nicht noch mehr Unheil, bitte nicht!“ rufe ich entsetzt. Ich sehe nun endlich zu meinem gemalten Bild.

Ich traue meinen Augen nicht, siehe da, die schwarze Farbe ist weg. Mein Problem mit der Szene der Heidschnucken hat sich wunderbar gelöst, ganz von allein. Ich weiß auch, wie das fertige Bild aussehen wird. Ich sehe es schon vor mir.

„Bitte schnallen Sie sich an!“ höre ich wie aus weiter Ferne. Ich löse meine Finger, die geballt auf meinem Schoß liegen und etwas fällt und rollt am Boden des Flugzeugs entlang. „Mein schwarzer Knopf!“ Oh nein, es kann doch nicht wahr sein! Diese verdammten Knöpfe. Ich gebe es auf!

Erschrocken sehe ich mich im Flugzeug um; dann recke und strecke ich mich ein paarmal und bin froh, daß ich träumte.

Am Strand

Der einzige Schatten eines flüchtigen Augenblicks, welcher mir zuteil wird, entzieht sich mir gänzlich.

Ich warte, nichts geschieht.

Es müßten zehn Minuten um sein.

Die Pelikane ziehen ihre Kreise von Norden nach Süden. Nach Norden fliegen sie über den Ozean. Während sie ihre Bahn nach Süden nehmen, fliegen sie gleichmäßig, direkt über mir. Es ist ein leichtes Rauschen zu vernehmen, welches im Wellengetöse fast untergeht. Der Wind verschlingt den Rest. Ich muß eingeschlafen sein. Meine Füße

und Beine sind naß. Es ist Flut. Möwengekreische nehme ich wahr. Ich setze mich augenblicklich auf. Sand rieselt an meinem Rücken herab. Ich sitze in einer Mulde, die mein Körper in den Sand formte. Die Wellen umspülen meine Füße und Beine. Ich stehe ruckartig auf. Meine Pelikane stechen einer nach dem anderen vor mir ins Meer, dort wo sich die Wellen brechen.

Zack und zack, einer nach dem anderen. Sie liefern mir ein Schauspiel. Die Möwen, die immer noch laut aufschreien, kämpfen ums Aas. Ich laufe ins Meer, ein paar Schritte nur. Bei jedem neuen Wellenschlag spült das Meer Möwen und Aas ein Stück näher an den Strand. Beharrlich verteidigen die Möwen ihre Beute. Ein Fell! – Eine Robbe! – Mein Lieblingstier unter den Kreaturen! – Eine Robbe! – Warum muß eine Robbe mir zu Füßen gespült werden? – Heute! – Jetzt! – Die Pelikane ziehen ihre Bahn gleichmäßig. Die Möwen haben Futter gefunden. Der Himmel hat es ihnen geschenkt. Oder war es ein Robbenfänger, der daneben schoß? Das Meer wird es wissen. Es erzählt mir seine Geschichten. Ich werde lauschen und zusehen, bis die Möwen, diese gierigen – oder sind sie

hungrig –„Aasgeier“, satt sind. Meine Kuhle im Sand mußte den Wellen weichen. Sie ist im Wasser verlaufen. Kein Abdruck meines Körpers bleibt zurück. Wie Schall und Rauch – und – Schatten.

Ich werde am Strand nach Muscheln suchen. Der Ozean gibt auch seine Schönheiten preis. Es lohnt sich, zu lauschen, zu suchen und zu schauen.

Shamu

Elegant windet und dreht er sich um die eigene Achse, taucht durchs riesige Becken und springt hoch durch die Luft, um gleich erneut unterzutauchen. Shamu, der Killerwal. Fasziniert beobachte ich jede seiner Bewegungen. Ich sitze in der vorderen Reihe einer Vorführung mit Shamu und zwei weiteren weißen Walen, die ihr Programm glänzend vorführen. Junge Männer und Frauen präsentieren sich und vollziehen auf die gleiche Weise – an den Tieren sich festklammernd – ihre Schau. Sie tauchen unter, kommen hoch, schlängeln, drehen und wenden sich wie Aale nach Melodien.

Es ist ein Traum zuzusehen. Gebannt starre ich auf Shamu, der sein Baby in diesem Wasserbecken zur Welt brachte. Triefendnaß sitze ich eben in der vorderen Reihe. Shamu, dieser schwarzweiß-gezeichnete, spritzt mit seiner Schwanzflosse Wasser ins Publikum. Ein junger Taucher spricht zu Shamu ins Mikrofon: „Shamu, such dir jemanden aus dem Publikum aus, um mit dir zu tauchen!" Shamu schwimmt durch sein großes Becken, ein paarmal dreht er seine Runden, spielerisch spritzt er dabei in die Menschenmenge, taucht unter, kommt wieder hoch.

Shamu streckt seinen Kopf über die Brüstung, hält vor mir inne und wedelt mit der Schwanzflosse. Der Sprecher des Mikrofons kommt zu Shamu und spricht zu ihm: „Wer soll nun zu dir ins Wasser, dieser Mann oder jener?" Shamu schüttelt mit dem Kopf. „Oder soll es diese Frau sein?" Shamu wedelt heftig mit der Schwanzflosse und stößt dabei Laute aus.

„Ich, ich – nein", bringe ich stammelnd hervor. Shamu bleibt hartnäckig. „Also, diese Frau soll mit dir schwimmen?“ Shamu bejaht mit dem Kopf nickend und wendet sich nicht von mir ab.

So faszinierend ich diese Schau auch finde, verspüre ich augenblicklich ebenso Angst. Ich betrachte nochmals seine Größe, seine wunderschöne schwarzweiße Zeichnung und seine liebenswerte Art, wie er vor mir an der Brüstung, bittend mit ihm zu schwimmen, verharrt. Meine Knie zittern. Der Mann mit dem Mikrofon tritt an mich heran: „Haben Sie sich entschlossen?“ Über 50 000 Zuschauer warten gespannt auf eine Antwort: „Ich muß gestehen, ich habe Angst, aber da Shamu mich ausgesucht hat, werde ich mit ihm schwimmen!“ Ich weiß nicht, woher ich plötzlich den Mut nehme.

Rauschender Beifall erfüllt die riesige Halle. Der Killerwal dreht wieder spielerisch seine Runden, während mein Herz rast. Wie in Trance folge ich einem Mädchen, welches mich in einen Tauchanzug steckt. Hastig weist man mich an. Ich darf mich überall an Shamu festklammern, an der Rückenflosse, Schwanzflosse, alles ist erlaubt. Mir ist schwindelig und schlecht vor Aufregung. Aber jetzt kann ich nicht mehr zurück, das Publikum und Shamu erwarten mich.

Tolpatschig mit meiner Tauchausrüstung erscheine ich auf der Bühne. Wieder Beifall. Shamu kommt auf's Deck, damit ich mich mit ihm anfreunden kann. Er erscheint mir noch riesiger, als er ausgestreckt vor mir liegt. Seine Haut ist samtig-weich, sie fühlt sich gut an. Er öffnet sein Maul und bringt piepsende Laute, eigenartige Töne, hervor, meine Blicke haften an seinen weißen Zähnen. Ein junger Mann im Tauchanzug faßt mich an der Hand, und ab geht's ins Wasser. Shamu schlängelt sich mit seiner fleischigen Masse um uns.

Ich bekomme seine Rückenflosse zu greifen und halte mich daran fest. Ab jetzt vollzieht Shamu die Schau. Ich klammere mich ganz fest an ihn. Er taucht auf, verschwindet wieder mit mir. Ich muß lange Zeit die Luft anhalten. Es ist ein wunderbares Gefühl. Das Wasser und Shamu tragen mich. Er tanzt nach Melodien und bewegt seinen massigen Körper elegant. Er weiß ganz genau, die Schau gehört uns beiden. Shamu wird mit Fischen belohnt, er schwimmt an den Beckenrand. Jedoch mir wird schwarz vor den Augen, ich gleite in die Tiefe. Ich verliere das Bewußtsein, während Shamu Fische fressend am Beckenrand verweilt.

Wie lange ich unter Wasser bin, weiß ich nicht. Ich komme zu mir, denn jäher Beifall rauscht. Shamu hält mich hoch über Wasser an meinem Tauchanzug. Seine weißen, kleinen Zähnchen beißen sich an meiner Halskrause fest. Kopf über Wasser dreht er seine Runden mit mir. Shamu spürt, daß ich nicht mehr gewillt bin, weitere Spiele mit ihm zu machen. Er bleibt vor meinem Platz, welchen ich als Zuschauer einnahm, stehen, hebt mich auf die hohe Brüstung und setzt mich dort ab.

Schmeichelnd kommt er piepsend aus dem Wasser immer wieder hoch und möchte sich auf diese Weise von mir verabschieden. Ich strecke ihm beide Hände entgegen, um ihm zu danken. Liebevoll knabbert er daran, wedelt mit der Schwanzflosse und springt ein paarmal durch die Luft ins Wasser zurück. Einen Wasserschwall um den anderen spritzt er mir über das Gesicht. Ein letztes Mal kommt er zu mir. Ich kraule ihn am Hals. Er nickt heftig mit dem Kopf, piepst, fast schreiend, Laute aus.

Ich glaube, seine Geschichte zu verstehen. Er erzählt von seiner Gefangenschaft, seinem Baby und vom großen Meer.

An der Pier

Ich sitze auf einer Bank an der Pier. Das Meer peitscht und spuckt all seine Launen an Land. Der Wind bläst und singt sein Lied dazu. Bei jedem neuen Wellenschlag pfeift er eine andere Melodie. Er steigert sich in seinem Akkord. Meilenweit trägt er summend die gleiche, dröhnende Woge an Land, die sich stoßweise am Kai, in den Steinen am Strand, im Sand und in meinen Haaren verfängt. Manchmal spielerisch schmeichelnd, aber auch launisch und aggressiv. Er treibt sein Spiel. Er streicht sanft und weich meine Wange. Perlenweise spritzt er mir die Gischt auf meine Haut, auf meinen Körper. Salzig schmeckt das Meer.

Fischer stehen auf der Pier und werfen ihre Angeln weit über die Brüstung ins tobende Meer. Sie nützen die Flut. „Fische fangen, um zu töten?“, frage ich mich und sehe in die Gesichter der Angler. Ich zähle 42 Angelruten, die ins offene Meer hängen. Sie gehören alten Frauen, Männern

jeden Alters und Jugendlichen. Fische liegen tot auf den Bohlen. Noch lebende Fische schlagen hart mit ihren Schwänzen auf die Bretter auf. Manche Angler töten ihre gefangenen Tiere nicht, sie lassen diese zappelnd krepieren. Fische werfen sich, am Boden wälzend, von einer Seite zur anderen und springen durch die Luft.

Fischaugen starren mich an. Ich sehe dem Ganzen zu. Ich esse gerne Fische aus dem Meer. Ich weiß nicht, ob ich weiterhin Fische essen werde. Warum quälen Menschen Tiere, die hilflose Wesen sind, an der Angelschnur baumelnd. Sie sind nicht human, die Fischer vom Ozean. (Wieder frage ich mich, wie sterben Fische in den Netzen auf den Booten auf dem Meer?) Im gleichen Moment beobachte ich einen alten graubärtigen Mann. Er löst das Maul des Fisches von der Angel, wirft diesen auf das glitschige Holz auf dem Boden. Der Fisch zappelt, springt ein paarmal hoch und schmeißt sich immer wieder durch die Luft.

Der Graubärtige schneidet ihm den Schwanz ab, der Fisch verblutet. Die Bretter sind blutrot. Ich will schreien: „Hast Du keinen Respekt vor dem Leben?" Mir bleiben die Worte im Halse stecken. Ich sehe, wie ein junger Fischer mit seinem Vater angelt. Liebevoll streicht er über seinen Köderfisch. Er ist gut zu den Fischen, den ganzen Abend holt er einen einzigen aus dem Meer. Ein weiterer junger Blonder fängt einen Fisch nach dem anderen mit seiner Angelrute. Wie besessen starren die Angler auf das Ende ihrer Rute. Wieder frage ich, nach welchem Gesetz die Fische aus dem nachtschwarzen Meer zubeißen, an die Angel gehen. Man erzählt sich, in Jacksonville sei ein Haifisch mit einem Turnschuh im Bauch gefangen worden. Es ist immer noch das Gespräch des Abends, denn Haie kommen auch hierher.

Der Wind erzählt seine Geschichte. Er spielt mit den Strähnen meines Haares, welche er mir aus dem zurückgebundenen Zopfe zieht. Die Lampe auf meiner Bank bewegt sich hin und her. Warm ist der Wind. Der Ozean gleitet. Woge um Woge rollt ans Ufer. Es kommen neue Angler hinzu. Es ist ein Leben ums Töten. „The Shark!", höre ich in den rauschenden, brodelnden Wind sprechen, alle anderen mit einstimmend: „The Sharks!" gebannt starrt die Menge auf den Alten, den Graubärtigen. Ein kleiner Hai hängt an seiner Angel, er hat angebissen. Ich wünsche mir sehnlichst, daß er den Alten beißen würde, nur soviel, daß er Respekt vor den Fischen bekäme. „Beiß ihn doch", sage ich, mir den Hai anschauend, „wehr dich doch!" Aber der Hai ist zu klein.

Er ist auch Opfer geworden. „Räche dich doch, du kleiner Shark!“ schreie ich und starre in die Augen des Alten, die kalt, hart und starr wie die eines Fisches auf mich wirken.

Ich starre auf all diese Angler und renne über die lange Brücke dem Kai zu. Überall glotzen mich Fischaugen, Köpfe, Schuppen, Schwänze, Fischleichen in Plastikeimern, Köderfische, Tintenfische und Unmengen toter Fische an. Die Bohlen knarren. Ich renne vorüber an den Anglern, die am Kai stehen, ebenfalls Fische fangend. Endlos lang ist die Pier. Die Gischt leckt nochmals an meinem Gesicht. Ich laufe in die Dunkelheit, um allein zu sein mit meinem Schmerz. Grillen höre ich aufdringlich zirpen. Ich komme unter Palmen zum Stehen und umfasse den Stamm. Die Rinde ist hart. Ich kratze die restlichen harten, braunen Wedel ab. Meine Finger schmerzen. Ich kann nicht sehen ob sie bluten.

Der Wind summt ein Lied und die Wellen peitschen wie Trommelschläge an die Steine am Kai. Ich lausche und höre die Melodie der Vergänglichkeit, des Kommens und Gehens, der Ebbe, der Flut, des großen Flusses und des Meeres.

Der Wind singt mir sein Lied über den Fluß des Lebens, bis es endet im großen Weltmeer.

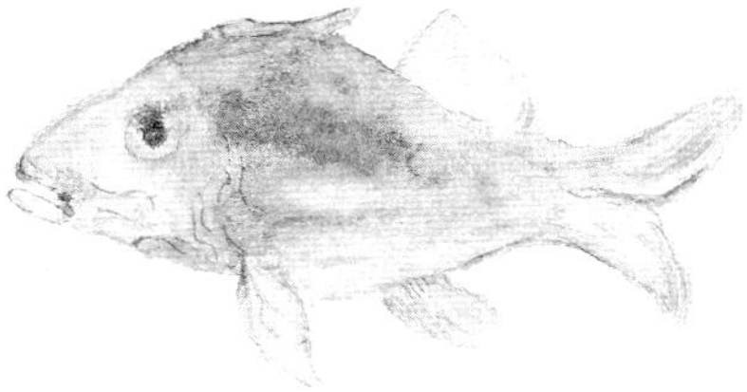

„Jack“ or „Believe It or Not!“ Glaube es oder nicht!

Jack legt leichten Galopp zu. Die Hufe schlagen hart auf das Kopfsteinpflaster. Es ist heiß. Ich lehne mich zurück und genieße die Country-Atmosphäre, den heißen Wind, der vom Atlantik herüberströmt, das Altstadt-Flair, den europäischen Charme der Vergangenheit in diesem wunderschönen und ältesten Städtchen Amerikas „St. Augustine“.

Wir fahren soeben an der Festung „Castillo de San Marcos“ vorüber. Das gewaltige Fort ist ein historisches Baudenkmal von imposanter Größe, welches die Spanier 1695 errichteten, um sich vor englischen Piraten zu schützen, erklärt Mike, unser Kutscher und zugleich Fremdenfüh-

rer. Die Temperatur beträgt 36 Grad Celsius. Wir sitzen unter einem Baldachin in einer offenen Kutsche. Unser Weg führt durch winklige, romantische Gassen, vorüber an typischen Häusern im spanischen und englischen Stil. Vorbei an schattigen Innenhöfen, alten Villen und an herrlichen Palmenalleen.

Kurioses weist die Natur auf und bietet es rechts am Straßenrand, neben einem verfallenen Haus, dar. Mitten durch einen Nußbaum wächst eine Palme. Ihre Krone streckt sie dem Himmel entgegen und blickt wippend-erhaben über das Städtchen. Wir kommen am Flagler-College vorbei. Halten am Portal einer Kirche, die ebenfalls Henry Morrison Flagler im Jahre 1888 erbaute. Er verlegte die Eisenbahn in Florida und schuf ein Imperium von nennenswertem Ausmaß und unschätzbaren Werten. Da er die Wärme Floridas seiner Heimatstadt New York vorzog, wählte er St. Augustine zu seinem Domizil.

Wir – eine kleine Gruppe von vier Personen – steigen aus der Droschke und gehen ins Innere der Kirche. Kühlen uns gleichzeitig etwas ab, denn auch hier läuft die Klimaanlage. Ohne diese wäre für uns Europäer eine Florida-Reise zu bestimmten Jahreszeiten fast unerträglich, völlig ausgeschlossen. Wir sind angetan von dem Bauwerk dieser Kirche und vielleicht noch mehr von der Kühle dieses Gotteshauses.

Zum Verweilen bekommen wir ein Zeit-Limit gesetzt. Ich zögere, die Kirche zu verlassen fällt mir schwer, jedoch die Uhr läuft auch hier weiter. Während wir die Kirche verlassen, halte ich Ausschau nach unserer Droschke, da sich in der Zwischenzeit neue hinzugestellt haben. Herrliche, fransenumsäumte, bunte Droschkenkutschen von dunkelhäutigen und weißen – sofern man von weiß sprechen kann, sagen wir braungebrannten – Kutschenfahrern. Ich stelle mich auf die Zehenspitzen, um zu sehen, wo Jack, eine Art Haflinger-Kaltblüter, weißbraun gefleckt, stehen mag.

Ein Menschenauflauf hat sich angesammelt. Schallendes Gelächter bricht los. Abermals stelle ich mich auf die Zehenspitzen um zu erspähen, worum es sich handelt. Ich sehe am Straßenrand am Hydranten angeschlossene Wasserschläuche, um die Tiere zu tränken und gleichzeitig die Straßen zu säubern, denn überall rinnen Wasserbächlein der Pferde über das Kopfsteinpflaster.

Oh, ich habe Jack entdeckt, der Weißbraungefleckte nuckelt wie ein Baby am Wasserschlauch. Seine Zunge formt und preßt er regelrecht um den Schlauch und schlingt förmlich das Wasser hinunter, um ja kein Tröpfchen zu verschenken. Mike, unser Kutscher, versteht es, die Aufmerksamkeit auf Jack zu lenken, indem er der lachenden Schar Geschichten von seinem Vierbeiner erzählt. Leider kann ich nicht alles verstehen, aber was mein Gehör wahrnimmt, werde ich in die Tat umsetzen. Alle übrigen Pferde bekommen ihr Wasser im mitgeführten Eimer serviert. Allzugerne hätte ich auch auf diese Weise meinen Durst gestillt, einen kühlen Drink genommen.

Ich muß mir einen Weg bahnen, um an meine Kutsche ran- und raufzukommen. Unserer Weiterfahrt steht nichts mehr im Wege, auch sind wir wieder vollzählig. Mike, ein hellhäutiger Typ mit braunem Lederhut, erinnert mich an einen verkappten Farmer, einen Rancher. Die Ausdruckskraft seiner Sprache fesselt mich, da er klar und deutlich, fast ein Oxfordenglisch spricht, dabei wenig Slang hören läßt. Seine liebenswerte, beherzte Art, wie er von Jack spricht, stimmt mich sentimental. Es ist anzunehmen, daß er Tisch und Bett mit Jack teilt – kaum vorstellbar!

Mike präsentiert uns soeben ein Museum, an welchem wir gerade vorüberfahren. Es ist ein altes Spukschloß. „Believe It or Not!“ Es hat Kuriositäten aufzuweisen, erklärt er: Kälber mit zwei Köpfen, Riesenschildkröten und noch vieles, vieles mehr . . . Mike pfeift eine Westernmelodie. Die Hufe seines Pferdes schlagen den Takt dazu. Den Rhythmus betont jeder einzelne Hufschlag. Unsere Droschkenrundfahrt naht sich dem Ende. Ich bitte Mike, an der Taverne zum „Mill Top“ kurz zu halten, denn weit und breit gibt es keinen Liquor-Store zu sehen. Alkohol ist in der Öffentlichkeit nicht nur verpönt, sondern verboten.

So gehe ich nun in das Mühlenrad, kaufe für Mike eine Flasche Bier und eine weitere für „Jack“. Ich bekomme meine Getränke in eine braune Papiertüte verpackt und drücke diese fest an mich, um ja keinen Verdacht am Verbotenen zu wecken. – Wie gesagt: In der Öffentlichkeit dürfen weder Tiere noch Menschen Alkohol zu sich nehmen. Am Droschkenanlegeplatz direkt am Ufer des Atlantiks, nahe der idyllischen Uferpromende, wird Jack sein wohlverdientes Getränk erhalten, denn er trinkt täglich mit seinem Herrn eine Flasche Bier. Wir steigen ab. Der Fahrpreis wurde im voraus bezahlt. Ich halte mein Präsent

für beide bereit und gebe Mike zu verstehen: „Mein Trinkgeld habe ich bereits in Ware umgemünzt.“ Dankend lächelnd nimmt Mike ahnungsvoll die braune Papiertüte entgegen.

Er geht zu seinem Kutschbock, holt eine Decke herbei, schlägt diese über den Kopf des Pferdes, kriecht selbst unter die Decke – was beide darunter gemacht haben, läßt sich gut denken.

Mompti

Ich wälze mich von einer Seite auf die andere. Ich schwitze. Schweiß perlt aus all meinen Poren. Unruhig! – Emergence stopping only – taucht immer wieder vor meinem geistigen Auge auf. Ich fahre auf der Highway A1A. Gürteltiere, Schlangen, Reiher, Schildkröten, Alligatoren säumen meinen Wegrand.

Tot! – Überfahren! – Totgefahren! – Bremsen kreischen! – Ich wache gänzlich auf. Ein Grizzlybär: – „NEIN“, – schreie ich. Ich schnelle hoch, möchte gleichzeitig aus dem Bett springen; jedoch eine schwarze Hand drückt mich sanft ins Kissen zurück. „Beruhigen Sie sich, ich bin der Sheriff vom hiesigen Distrikt. Ich möchte Ihren Unfall, welcher sich gestern abend ereignete, aufnehmen“, sagt der Dunkelhäutige zu mir. Warum gerade ein Schwarzer? – Ein Grizzly . . . Ich falle zurück in ein tiefes schwarzes Loch. Triefende Nässe, Regengüsse, Blitze zukken, Donnergrollen. Ein Grizzly . . . er will über den Highway . . . Speed limit 65. Ich fahre viel langsamer, der Wolkenbruch erlaubt es nicht, schnell zu fahren. Ich sehe kaum zehn Meter weit. Blitze zucken abermals, dann wieder dieses Ungeheuer, dieser große, braune Bär. Ich will nach Tampa fahren. Ich hörte des öfteren von einem Grizzly, der bei Gewitter rotiert . . . die Gegend unsicher macht, flieht, mit mir kollidiert, auf gerader Strecke . . . Ich liege im Straßengraben, Sumpfgebiet, Süßwassergraben, bei Alligatoren und Krokodilen.

Abstand halten, nur bei Not anhalten. Ich liege inmitten des Wassergrabens, über mir das riesige Maul eines Alliga-

tors . . . Ich schreie . . . Schweißgebadet komme ich abermals zu mir. Die Hand des Sheriffs drückt ein schneeweißes Tuch auf meine Stirn. Dankbar nehme ich diese Geste entgegen. Ich greife nach seiner Hand und halte sie fest.

„Sie haben Glück gehabt!“ bestätigt mir der Beamte. „Ihr Auto ist erheblich beschädigt, während Sie mit einer Gehirnerschütterung davonkamen und zeitweise das Bewußtsein verloren hatten!“ „Dann lag ich nicht im Sumpf bei den Alligatoren?“ ist meine Frage. „Oh, nein“, scherzt der Beamte, „da wäre nur noch wenig, wahrscheinlich gar nichts mehr von Ihnen übrig geblieben. Aber weshalb kamen Sie von der Straße ab? Obwohl der Regen fast alle Spuren wegspülte, fand man ein paar Haare von einem Tier, einem Bär, hier in Florida kaum denkbar; aber das Fell, welches unterhalb Ihrer Kühlerhaube gefunden wurde, weist Haare von einem Grizzly auf!“ „Ich sah wirklich einen Grizzly aus dem Regen auf meine Windschutzscheibe kommen und dann war es dunkel um mich!“

Gebannt starre ich auf die dunkle, schwarzbehaarte Hand. Mein Gehirn stellt seine Funktion wieder völlig her. Der Schleier fällt. Das Geschehene wird wieder lebendig und nimmt Gestalt an. Ich lebe. Der Sheriff umfaßt mein Handgelenk fester. Es schmerzt. „Seien sie ruhig“, versucht mich der Schwarze zu trösten, „es gibt eine Legende . . ., diese besagt, . . .“ Meine Gedanken schweifen ab . . . Wieder und wieder sehe ich diese Pranken vor meinen Augen. Ich folge den Beschwichtigungen des Sheriffs nicht mehr. Sehe nur noch den Grizzlybären in seiner Größe, wie er sich hochbäumt, viel größer als ein Mensch, seine Pranken mir ins Gesicht schlägt . . . Von den Wäldern Kanadas soll er bis hierher nach Tampa gekommen sein. Immer auf der Suche nach seinem Baby. Weiter wird erzählt, daß beim Überqueren eines Highways, während eines Gewitters, das Grizzlybaby ums Leben gekommen sei und seit dieser Zeit sucht diese Mutter nach ihrem Baby. Dieser Mompti, so wird er mittlerweile genannt, rennt meilenweit den Highway entlang! Die schwarze Hand auf der meinigen rüttelt mich heftig. Meine Augen starren in die dunklen Augen über mir. „Sagten Sie soeben Mompti?" frage ich hastig, aufgeregt, den Sheriff. „Mompti, der Bär, ist los! Ist er tot? Wegen mir! War es Mompti wirklich, die treue Bärenmutter, die hierher bis nach Florida gekommen ist, um ihr Baby zu suchen?" frage ich verzweifelt weiter. „Ja, wahrscheinlich ist es Mompti gewesen!", entgegnet mir

der Dunkelhäutige. „Gewesen?“, frage ich zurück. „Er ist nicht tot. Er treibt sich weiter umher, immer noch auf der Suche und demoliert bei Gewitter erneut die Autos!“ Mich befällt ein leichtes Zittern. „Bleiben Sie ruhig“, tröstet mich der Sheriff.

„Mompti, der Autoschreck!“, bringe ich über meine Lippen.

„Der Bär ist los!“

Leila

Angespannt sitzt sie im billigen Dreß vor dem Apparat, im Schneidersitz. Sie sieht auf, ihr Gesicht gläsern, die Katzenaugen grünlich schimmernd, gemahnt sie trotz lockerer Haltung an einen sprungbereiten, beutesuchenden Leoparden. Quälende Stille erfüllt den Raum, abgesehen von der Fernsehaufzeichnung, die sie sich bereits zum xten Male ansieht. Sobald sie mit ihrer Dressur auf dem Bildschirm erscheint, rutscht sie zentimeterweise auf den Fernseher zu. Sie trinkt beinahe gierig aus der Weinflasche, so als sei es Coca-Cola, sie rückt näher und näher, scheint sich in der Gestalt des Löwen aufzulösen. Flasche in der Rechten, Zigarette in der Linken. Lippen geöffnet, ihre Augen beginnen zu irrlichtern, zu funkeln und flattern. Hände vibrieren, mehr und mehr versinkt sie – tranceähnlich – in eine Welt, in der ich nichts zu suchen habe und deren Zugang auch anderen nicht erlaubt ist.

Während die Raubtierdressur ihren Höhepunkt erreicht und Leila ihren Kopf in das Maul des Löwen begibt, weitet sich ihr Gesicht aus, großflächig, straff mit leicht bebenden Lippen als erlebe sie das Ganze im Jetzt. Allzu offensichtlicht verliebt sie sich mit Vehemenz in ihr eigenes Ich, in ihr Spiegelbild und in ihre Raubtiere. Hingebungsvoll-taumelnd. Leila rutscht mehr und mehr dem Bildschirm entgegen, sie scheint in ihm zu entschwinden. Ihr Gesicht wird rot, der Atem hastig, sie trinkt ohne je den Blick abzuwenden. Sie liebt offenkundig diese Tiere.

Ihr Vater unterbricht die angespannte Atmosphäre, indem er sagt: „Leila, wir sind pleite. Es ist aus, wir kommen nicht mehr durch den Winter!“ Leila springt aus ihrem Schneidersitz hoch, greift nach dem Revolver, welcher oberhalb Vaters Bett im Wandschrank liegt und verläßt den Wohnwagen. Sie verschwindet zum Raubtierkäfig. Ihr Vater folgt ihr und entreißt Leila die Waffe. Ruhig, aber bestimmend sagt er: „Leila, Liebes, hiermit löst man kein Problem.“

Julia und Arco

„Finden Sie mich aufregend?“ fragt Julia entwaffnend direkt und schickt gleich die Antwort hinterher: „Ich nicht!“ Und dann legt sie los: „Ich finde . . .“ Meine Gedanken schweifen ab und bleiben bei der Betrachtung ihres Gesichtes hängen, so daß ich ihren Worten nicht mehr folge. Was für ein Mund! Breit, unglaublich breit. Die Lippen voll, prall, sinnlich. Wenn sie lacht, verwandelt dieser Mund ihr Gesicht in ein einziges Strahlen. Was für Augen! Tiefbraun, riesig, mit einem amüsierten Funkeln, beschützt von zwei schweren Augenbrauen. Durch ihre Augen blickt man direkt in ihre Seele. Man spürt, was sie fühlt. Ihre exotische Schönheit spiegelt natürlichen Charme, auch eine Portion Naivität wider. Eine ganze Palette Verletzbarkeit wird offenkundig beim Anblick dieser Julia.

. . . „Wenn ich einen richtig miesen Tag habe und mich abends ausheulen will, hört er mir zu. Er läßt mir Raum, zu tun und zu fühlen, wonach mir zumute ist. Es ist wunderbar, seine Nähe zu spüren, die nicht erdrückend ist und einengt. Er ist mein bester Freund", fügt Julia hinzu.

„Inwieweit es für Ihr Interview interessant erscheint, kann ich nicht voraussehen, aber ich will es Ihnen trotzdem erzählen", dabei hebt sie ihre Augenbrauen hoch, so daß die Haare ihre Augen fast verdecken, als suchten sie nach Schutz.

„Arco", beginnt sie, „Arco rettete mir vor einigen Jahren das Leben. Auf dem Nachhauseweg vom Filmstudio wurde ich von einer Person verfolgt, welche – wie sich später herausstellte – nicht zurechnungsfähig war. Es war ein gemeiner Mörder, der es auf dunkelhaarige Frauen abgesehen hatte. Arco sprang ihm an die Kehle, so daß dieser Verrückte von mir abließ. Er mußte! Arco hätte ihn zerfleischt. Dieser Übeltäter schreckte auch nicht davor zurück, mich anzugreifen, obgleich ich in Begleitung eines Hundes war."

Arcos Augen hängen an mir. Er verfolgt jede meiner Regungen. Ich bemühe mich, keine schnellen Bewegungen auszuführen, um nicht angefallen zu werden. Julia bemerkt meine Unsicherheit und gibt mir zu verstehen, daß Arco instinktiv wisse, wer ihr gegenüber wohlwollend oder feindselig gestimmt sei. Meine Angst sei überflüssig. „Es sei denn", fügt sie hinzu, „Sie überschreiten Ihre Kompetenz und kommen mir zu nahe, dann würde Arco seine Beschützerrolle voll ausspielen." Ich würde es erst gar nicht auf einen Versuch ankommen lassen.

„Resultat: Julia hat einen ständigen Beschützer. Darf ich das so in meinem Bericht bringen?" frage ich.

„Arco bedeutet mir viel mehr. Arcos Liebe zu mir ist einmalig, unverfälscht, rein. Auch was seine Treue betrifft. Er würde mich nie im Stich lassen. Was ich von Menschen nicht behaupten kann“, entgegnet mir Julia. Ihre dunkelbraunen Augen verfärben sich schwarz. Ihre wunderbaren Gesichtszüge werden hart, fast brutal wirken sie auf mich. Ich frage mich, wie groß das Spektrum ihrer Belastbarkeit sein mag, da ihre Körpersprache alles zu offenbaren scheint. Wie weit sie die totale Schauspielkunst beherrscht und wie stark diese strahlende Julia wirklich ist?

Miriam und Brieftauben

Elegant gleiten ihre Hände über die Tasten des Flügels. Alte Hände, die zerbrechlich erscheinen, gläsern wirken. Schön sind sie dennoch, und sehr lebendig. Ihre Augen haften verträumt an ihrem Ring, als suchen sie nach vergangenen Zeiten, als ließe sie ihr Leben Revue passieren. Eigenartig wendet sie ihren Blick ab, er schweift nach oben, als weile er im Notenblatt, jedoch schweift er höher, fixiert das Bild, das oberhalb des Flügels angebracht ist. Hier bleibt er hängen. Melancholie liegt auf ihrem Gesicht.

Ihr Haar fällt leicht gewellt auf ihre Schultern. Spielerisch verfängt sich darin das morgendliche Sonnenlicht, das durch ein Fenster fällt, es reflektiert silbergraue Strähnen. Die Ausdruckskraft ihrer Melodie spiegelt ihre ganze Persönlichkeit wider: Zart, zerbrechlich, versehen mit einem Hauch Mystik.

Ihre funkelnden Augen haften an der Szenerie des Bildes. Zweifellos liegen Welten zwischen dieser Frau und dem Bild an der Wand: Zwei kleine Mädchen, Tauben fütternd, erzählen von diesem Öl-Kunstwerk eines unbekannten Malers.

Miriam bricht mitten im Spiel ihr Stück ab, schlägt den Deckel des Flügels zu und wendet ihre ganze Aufmerksamkeit dem kleinen Mädchen „Miriam" zu. Weit liegt es zurück, das Einst.

Miriam und Iyrida, die beiden Schwestern, mit den Tauben, Symbole des Friedens. Eine Idylle, Harmonie, Friede und Glückseligkeit in den zarten Mädchengesichtern. Es liegen Welten dazwischen.

Miriam öffnet ihre Lippen und beginnt zu sprechen: „Diese Melodie hat mich geöffnet, mit Dir zu reden!" Miriam wägt jedes Wort sorgsam ab. Es kommt gemäßigt zaudernd aus ihrem Mund. Gregor lauscht, ist angetan von dieser Frau, von der Vitalität und Lebendigkeit ihres Wesens. Miriam schüttelt ihr Haar zurück. Ihre Konzentration beruht auf ihrer gegenwärtigen Tätigkeit, indem sie ihr noch immer volles Haar zu einem Seil dreht, löst seitlich eine hochgesteckte Spange und klemmt diese um das gedrehte Haar, ohne die Augen von Gregor abzuwenden, der immer noch wartend vor ihr steht.

„Ja, es begann . . .", erzählt sie. Sie weiß worauf es Gregor ankommt: „Es begann, aber diese Szene möchte ich dir vorenthalten, ersparen. Ich bekam Order aus Rußland, eine heikle und heiße Sache . . ., daraufhin setzte ich Vaters Brieftauben ein.“ Gregor wendet sich zur Seite, sucht hilflos, fast haltlos nach dem Stuhl, auf dem Miriam am Flügel saß. „Spionage für den Geheimdienst! Miriam, Du! Warum nur? Brauchtest Du Geld? Was hat Dich abgehalten, Dich an mich zu wenden?“ überhäuft Gregor Miriam mit Fragen. Miriams Augen funkeln, hart, zynisch: „Die Tauben brachten mir Glück!“ weist sie Gregor schroff ab. „Und den anderen Verrat Deines Vaterlandes und außerdem hast Du Vaters Brieftauben benutzt!“ wendet Gregor ebenso hart und standhaft ein. Miriam flicht ein: „Du kennst meine Veranlagung, zum Mystischen hatte ich schon als kleines Mädchen einen besonderen Bezug. Du weißt, ich befaßte mich mit vielerlei geheimnisvollen Dingen und Magie. Du hattest Angst vor Schlangen. Ich aber spielte mit diesen Bestien, wie Du sie nanntest, und ich tat nichts lieber, als Dich zu ärgern. Für mich war das die selbstverständlichste Sache der Welt. Darinnen liegt eben der feine Unterschied zwischen uns beiden. Und somit verfiel ich eben zu gegebener Zeit der Spionage, der Trieb war schlimmer als Hunger“.

„Wie kalt und hart Du bist, nur um Deine Neigung zu befriedigen. Miriam ich schäme mich für dich. Gut, daß Vater es nicht mehr erlebt hat“, resigniert Gregor völlig,

„daß Du seine ihm »heiligen Tauben« beschmutztest, zu einem dreckigen Geschäft mißbrauchtest“.

Gregor erhebt sich und schreitet zur Türe. Härter als sonst schließt er die Türe von außen.

Miriam setzt sich erneut an den Flügel.

Dem Pfeifenleben folgen

Graue, zottelige Borsten hängen rechts und links über Ohren und Augen und umsäumen den gesamten Körper der Hündin Leah. Leah sieht eindeutig aus wie eine Ratte. Sie kratzt und scharrt sich eine Liegekuhle, ruht sich zwischendurch aus, um dann erneut in der lehmigen Erde nach Mäusen zu buddeln. Leah gehört „Grey Wolf“. Er ist Indianer, halb Wappo und halb Klamath.

„Es ist ein treuer Hund“, erläutert Grey Wolf, die Pfeife rauchend. „Ein treuer Hund mit schlechtem Gedächtnis.“ Der Rauch der heiligen Pflanze steigt auf zu Vater Sonne und Mutter Mond. Nun wird etwas wilder Salbei verbrannt und der Segen des großen Geistes auf die Veranstaltung herabgefleht, bis wir uns völlig im Einklang befinden mit dem weiten Erdenrund um uns und den gefiederten Geschwistern über uns.

Ich ertappe mich, wie ich aushole, um Bruder Fliege totzuschlagen, kann mich dann aber gerade noch beherrschen. Die Darbietungen umfassen alles, was man von einem anständigen Pow Wow erwartet. Flötenspiel, Gesang, Country & Western, Ausdrucks-, Reifen- und Büffeltanz, Zeichensprache, Pantomime und immer, wenn es gar zu feierlich wird, erzählt Grey Wolf harmlose Witze. „Ein Indianer und ein Weißer gingen an den Strand, um Krebse zu fangen", sagt Grey Wolf plötzlich. „Nach einer halben Stunde hat der Indianer den ganzen Eimer voll und der Weiße hat fast gar nichts gefangen. »Wie hast du das gemacht?« fragt der Weiße. »Meine Krebse sind indianische Krebse«, sagt der Indianer, »immer wenn einer aus dem Eimer springen will, halten ihn die anderen fest.«"

Wohlwollend lächle ich Grey Wolf zu, wenngleich mir der Witz bekannt ist. Mir zur Linken sitzt Samson. Der ganze Typ besteht aus über zwei Metern geballter Sanftheit. Samson erzählt leise von den Schwierigkeiten, die man hat, wenn man groß, stark und Indianer ist. Allein schon die langen, dunklen Haare und der Nachname „Samson“. „Na, Samson, bist Du wirklich so stark?“ Dabei kommt das aus der Creek-Sprache: Sam So' on, schwebender Adler. „Mein Vater hat gesagt, wenn ich einen Vogel singen höre, soll ich zuhören, vielleicht lerne ich etwas.“ Sam blickt belustigt. „Ich möchte Fremdsprachen lernen. Und ich will wieder dem Pfeifenleben folgen.“ „Dem Pfeifenleben folgen?“ „Ja, schwer zu erklären. Auf die Berge steigen, Menschen und Tieren zuhören, ein guter Mensch sein. Religion oder wie das heißt. Dem Pfeifenleben folgen.“

Gelassen höre ich Sam zu und hole erneut aus, um mich von einer lästigen Fliege zu befreien. Blitzschnell ergreift Grey Wolf meine Hand und hält sie fest, so daß ich das Objekt nicht treffe. Seine dunklen Augen funkeln. Er wirft mir einen Blick zu, der einem Gemälde von Remington gleicht: Junger Blackfeet-Krieger, einen Blizzard witternd. Beschämt schlage ich meine Augen nieder und drehe an dem Ring, den mir Grey Wolf tags zuvor ansteckte. Er ist zu groß. Es ist mir unbehaglich. Er muß meine Gedanken lesen können, denn augenblicklich nimmt er mir den Ring vom Finger, zieht ein Silberkettchen aus seiner Hemdtasche, steckt den Ring durch und legt mir das Ganze mit den Worten um den Hals: „Darf ich?“ Zu verneinen wäre taktlos.

Ich lasse es zu, ein: „Dankeschön“, flüsternd, um die weihevolle Stimmung der Aufführungen nicht zu stören. Ja, dem Pfeifenleben folgen, Menschen zuhören. Tieren zuhören.

Muß man Indianer sein, um wieder zuhören zu können? Leah, vom Scharren müde, legt sich auf Grey Wolfs Füße. Ein langer Seufzer aus Leahs Lefze ist zu vernehmen. Die graue Ratte auf dem grauen Wolf. Alles paßt zusammen. Ein Einklang, ein Einvernehmen.

In Memoriam

Es lebte ein Ehepaar namens Rümler in meinem Heimatort Emskirchen. Jedermann nannte es liebevoll Papaa und Mamaa. Die beiden besaßen ein „großes Herz für Tiere“. Die Tiere waren der Mittelpunkt ihres Lebens.

Ging es auch nur darum, ein paar Heugabeln frischen Grases heimzuholen, so war das für Papaa und Mamaa ein regelrechtes Abenteuer. Ohne ihre heißgeliebten Tiere lief nichts. Alles, was sich bewegen konnte, durfte mit auf's Feld. Es war manches Mal sehr beschwerlich, denn betagt waren beide. Papaa zuletzt mit leicht gekrümmtem Rücken.

Mamaa beschaulich, geduldig, abwartend, auch in gemächlichem Aufruhr, saß meist auf dem zu beladenden Wagen in stiller Erwartung, ihr Schäfchen ordentlich festgebunden zu haben, damit es hinterhertrotten konnte. Ihr Geißlein lief nebenher und ihr weißer Spitz saß bereits auf ihrem Schoß. Es war eine Freude, diese Szenerie beobachten zu können, denn eigentlich war dies ein gefährliches Unterfangen. Die Tätigkeit vollzog sich direkt an der Bundesstraße 8, da dort ihr Haus stand; dennoch fügte sich alles wie bei einem Puzzle zusammen. Für Emskirchen ein prägnantes Bild, nicht mehr wegzudenken. Wer diese beiden kannte, konnte ihre Liebe zu ihren Tieren greifbar nahe spüren, miterleben und mitempfinden.

Alles vollzog sich unter einem gemeinsamen Dach. Mensch und Tier! War ein Tier krank, litten Papaa und Mamaa mit. Sie umsorgten und umhegten es wie sich selbst und verwendeten ebenfalls die besten Heilkräuter aus Gottes großem Naturgarten, bis alles wieder ins rechte Lot kam. Naturkräfte taten das übrige dazu.

Möchte ich den gemeinsamen Lebensraum Mensch und Tier erspüren, ertasten, so bleibt mir zu sagen: Wir Menschen bleiben auf der Strecke mit unseren sterilen, hochpolierten Häusern, und ein Tier oftmals nicht die Chance hat, die Schwelle zu betreten, noch diese zu überschreiten.

Verarmen wir nicht immer mehr? Der Mensch, einsam und alleingelassen, stirbt an gebrochenem Herzen. Traurig für uns Menschen, nicht für die Tiere. Papaa dröselte sich gerne eine Zigarette auf und lebte sein Pfeifenleben.

Warum lernen wir nicht von anderen Ländern, die uns weit voraus sind und Tiere zur Therapie der Menschen einsetzen? Ich bin mir sicher, dadurch würde vieles für das Wohlergehen der Menschheit positiver.

Ich lebe mein Pfeifenleben auf meine ureigene Art und Weise mit meinem Freund Axel.

Helga Margareta Gellinger, geb. am 6. April 1938 in Buchklingen, heute ein Ortsteil von Emskirchen.

Die bäuerliche Umgebung ihres Elternhauses mit noch unmittelbarem Bezug zu Menschen und zur Tierwelt waren prägende Elemente ihrer Kindheit. Die Harmonie und Gegensätzlichkeiten im Leben der Kreaturen hat sie lebenslang mit kritischer Aufmerksamkeit beobachtet und geistig verarbeitet.

Das Ergebnis ihrer Reflexionen stellt die Autorin erstmals einem größeren Publikum in Wort und Bildern dar. Wenn sie dabei die Grenzen zwischen Erlebtem und Erdachtem bewußt verknüpft, so entspringt das ihrem Bedürfnis, einen engen Bezug zwischen Mensch und Tier aufzuzeigen.